HISTORIAS... ¿REALES?

De espanto, miedo y horror

Mario Edgary Vázquez López

Mola
PUBLISHING
INTERNACIONAL

ISBN: 978-1-63765-242-8

Hola Publishing Internacional
www.holapublishing.com

Impreso y encuadernado en los Estados Unidos de América

Es un enorme gusto poder interactuar con los lectores a través de esta obra, que es un complemento de relatos con la temática de hechos sobre fenómenos inexplicables; a cada uno de los lectores, mil gracias por permitir que cada una de estas historias se vinculen con ustedes por medio de estas páginas.

Mención especial en esta ocasión para el linaje del cual formo parte; a cada uno de mis ancestros, que, desde el lugar donde se encuentren, forman parte de este proyecto. Con gran cariño para mis abuelos: Antonio, Francisca, Delfino y Heladia, que el divino arquitecto los guarde eternamente en su divina morada; me dieron a unos magníficos padres. Gracias a su legado y visión, hoy es posible concluir este último proyecto, incluyendo el hecho de que mis progenitores, los docentes Mario y Ma. Inés, fueron siempre impulsores del placer de leer.

Foza moza tan bella y hermosa, amo mucho mucho, recuérdalo siempre. Gracias por siempre estar. Adriano de emanuello, gechi moza tan hermosa; su risa, amor por la vida y entusiasmo me impulsan a dar lo mejor en cada una de las actividades que la vida pone por delante. André Sebastián, no sabes la alegría tan inmensa que me produjo tenerte en mis brazos la primera vez; bienvenido, excelente vida.

A mi cuñado y compadre, que siempre está para apoyar, tanto en lo individual como en lo familiar. Gracias, Gabo, por ser impulsor desde la obra anterior.

Por último, pero no menos importante, a mi gran maestro y hermano de toda la vida, Juanma, Juan Manuel Moreno; siempre es un deleite escuchar tus comentarios tan certeros y llenos de sabiduría, *coach* de vida con una esencia de ayudar siempre a los demás. Gracias totales.

Índice

Prólogo

Relatos, historias, ¿anécdotas? El mundo de los fenómenos paranormales siempre llama la atención y es motivo de controversia. Las personas que los han experimentado en carne propia afirman que los hechos ocurrieron de la manera como los expresan cuando tienen la oportunidad de compartir dichas vivencias; notando en ocasiones el miedo, temblor o sensaciones de estar en estado vulnerable.

Cada uno de los diferentes relatos de la obra tratan de expresar, lo más fiel posible, cada una de las situaciones plasmadas, esperando que la vida o el destino, a ninguno de nosotros, nos ponga de frente con estas realidades.

Diferentes matices, vivencias y relatos, cada uno de ellos con el toque de misterio y ambiente sobrenatural que va de la mano con experiencias similares.

La niña y la bebé

—Creo que no fue buena idea hacer esto con mi hermanita, no sé si está bien.

—¿Qué dices? ¡Claro que lo es! Lo que pasa es que es una bebé y ellos duermen mucho a esa edad. Además, era un juego solamente. ¿No te gustó?

—No sé, fue diferente a otras veces.

—Tú no te preocupes, pero, si quieres, ya déjala entonces. Mira, ya vete a descansar, ya es tarde, muy noche, no sea que alguno de tus padres se despierte y te puedan regañar.

La niña movió la cabeza en señal de afirmación y caminó despacio hasta su habitación. Se subió a su cama y con su colcha de princesa rápidamente se tapó.

Lo último en su mente antes de dormir fue que ya no jugaría con su amigo así; fue extraño, diferente... Algo en su interior le decía que fue un error.

El demonio de la habitación observó a la niña con burla. Había convencido a una criatura de asfixiar a una recién nacida con una almohada, un alma inocente y pura, para llevarla sin demora.

Intruso en la comunicación

Con mucho trabajo, y en medio de todas las voces, pude escuchar a mi mamá. Caminé rápidamente hasta donde la oía; me abría paso entre todas esas personas y levantaba el cuello para poder verla. Nunca lo conseguí, pero me animaba escucharla y saber que me buscaba. Me sentía feliz. Ya no estaría solo, ni extraviado… Sin ella. Al llegar a la puerta, cuando me disponía a pasar, un sujeto alto, flaco, mal encarado y burlón me aventó, haciéndome a un lado. Quise protestar que no era justo; yo estaba ahí antes que esta persona. Busqué entre los demás alguna ayuda, pero todos me ignoraron. El sujeto flaco imitó mi voz y empezó a charlar con mamá. Ella no podía ver con quién conversaba. Esta persona no sólo me imitó a la perfección, también sabía cosas de mí que engañaron a mamá. Trataba desesperado de decirle que ese no era yo, pero el tipo flaco y alto me aventaba y me alejaba, me tapaba la boca y al final… al final mamá le dijo que entrara a la casa. Al hacerlo, todo termino y me quedé nuevamente perdido en ese horrible lugar. No entendí qué fue lo que ocurrió. ¿Cómo es que mamá no supo que ese no era yo? Grité y lloré, llamándole muchas veces, pero ya nunca más respondió. Ahora me encuentro sentado en este mismo lugar, esperando que ella vuelva a hablar. No sé qué sea exactamente esta cosa que llaman güija, pero espero que ella me vuelva a contactar.

La insistencia de Fernando

Como cada noche, exactamente a las tres de la madrugada, esta persona se introducía en la habitación. Repetía una técnica y rutina que había perfeccionado en los últimos días. En silencio, de manera sigilosa, se acercaba hasta la cama de su amada y de pie, a su lado, la miraba dormir. Despacio y con cuidado acariciaba su rostro, su cabello, su piel y las partes del cuerpo que no fueran cubiertas por las colchas o sábanas. Sabía que no tenía que estar ahí, mucho menos actuar de esa manera, pero no lo podía evitar. ¡No lo quería enviar!

Si ella estaba acostada de lado, con cuidado se acurrucaba a su lado y admiraba su rostro mientras ella dormía sin ningún reparo. En algunas ocasiones la trató de besar; sentir esos labios y ese dulce néctar disfrutar. Apenas lo intentaba, acercándose lento, con cuidado, ella se percataba del contacto y giraba la cabeza al otro lado. De sobra sabía que eso lo delataría, pero era algo que anhelaba hacer.

Despacio la abrazaba y colocaba sus manos sobre su cuerpo, avanzando con su mano con cuidado, sintiendo su piel. Al llegar a su pecho sentía ese dulce corazón latir, imaginando que era por él.

Ella de repente despertó, de golpe, al sentirse observada y que se encontraba alguien invadiendo su espacio. No lo podía explicar, pero estaba segura de que no estaba sola.

—Fernando, ¿eres tú?

El silencio fue su única respuesta. Agudizó el oído en busca de algún indicio. Prendió la lámpara de noche colocada en la cómoda junto a su cama. Agudizó la visión, tratando de comprender qué fue lo que ocurrió.

No era la primera noche que sucedía lo mismo: el sentirse acosada y que no hubiese nada. Se tapó el rostro y el llanto fluyó. Quería gritar para que esto terminará ya.

—Fernando, por favor, si eres tú déjame en paz. ¡Te lo suplico otra vez! Entiende que no puede ser. Sé que me amabas, pero, Fernando, tú estás muerto y yo no te seguiré.

Negocios de la parca

El joven se trataba de convencer a sí mismo mientras sus manos temblorosas sostenían un revolver que apuntaba contra sí. Cerraba los ojos fuertemente mientras esperaba el impacto en medio de su frente. La orden en su cerebro se dio mentalmente sin vacilación, sin embargo, sus dedos se negaban a obedecer.

Ya antes había ocurrido algo similar, donde su cuerpo no respondió ante las indicaciones de acabar con su vida: el intento de saltar del edificio de más de 15 pisos; la ocasión en que no saltó a las vías del ferrocarril cuando esté se aproximaba, o la vez que un tráiler pasó a gran velocidad a pocos metros de donde estaba y permaneció estático mientras la pesada unidad se alejaba. Muchas ocasiones, diferentes intentos, y en ninguna ocasión se atrevió a hacerlo. ¿Cobarde al extremo o aún pretendía darle una nueva oportunidad a la vida? Para variar, y de nueva cuenta, esta ocasión tampoco se animó.

Soltó el arma como si de un objeto maligno se tratara. La alejó lo más posible de una patada y se recriminó a sí mismo por su falta de decisión.

Estaba desesperado, harto, hastiado de la vida y, sin embargo, no podía. No se atrevía a quitarse la existencia, como aparentemente tanto lo deseaba.

—Luis, Luis, Luis... Otra vez me citas ante ti y me haces perder el tiempo miserablemente... ¿Qué vamos a hacer, Luis?

El hombre se giró rápidamente. Estaba solo en el lugar y la voz a sus espaldas sonaba bastante tétrica. Lo que sus ojos le mostraron fue difícil de asimilar, a pesar de lo que veía no daba crédito de ello. Alucinaciones, estrés por el trauma de quererse suicidar, eso tenía que ser.

—No, Luis. Te aseguro que soy real, mucho. Soy a quien llamas tantas veces, pero nunca te atreves. Soy aquella que te dará el descanso que tanto deseas, pero simplemente no lo haces. Y sí lo eres, un cobarde que no se atreve.

El tipo quería huir despavorido, no sabía qué ocurría realmente. Eso no era normal. Sin embargo, antes de poderse mover, la macabra entidad se colocó a su lado.

—Mi querido Luis, así y todo, tengo que decirte que te tengo cierto aprecio. Es más, estoy aquí no sólo para conceder tu deseo, estoy aquí para hacer un trato contigo, para darte esa fuerza que necesitas para animarte al fin, a cambio de un pequeño favor para mí.

Ella le hablaba al oído, intercambiando sus planes en voz baja, en un susurro, como para impedir que alguien más escuchará. Luis estaba estático, pasmado... No creía lo que ocurría, pero asentía ante esa entidad que lo rodeaba con su esencia. Después de eso, ella le sopló algo en el rostro. Luis se desvaneció y se desplomó como un tronco. Segundos después se incorporó y caminó como autómata, con rumbo aparentemente desconocido.

En el callejón, en ese lugar, en la parte trasera de un bar, dos jóvenes que habían pasado la noche bebiendo estaban al acecho de la que sería su presa: una encantadora y escultural jovencita que detectaron en ese ambiente, dentro del antro. La escucharon pelear con su galán y supieron que caminaría sola por ese lugar.

Efectivamente, así fue. Pocos minutos pasaron para que ella caminara totalmente sola por ese callejón. Ellos de inmediato la abordaron, diciéndole varias obscenidades al tiempo que jalaban su ropa, buscando dejarla completamente desnuda. Ella trató de luchar y resistir, pero la fuerza de ambos sujetos era mucha para ella sola. El ruido del bar, la música a grandes decibeles, impedía que alguien escuchará su llamado de ayuda. Estaba sola y condenada, derribada y a merced de ambos sujetos.

En eso apareció Luis, quien, sin decir nada, jaló por la espalda a uno de ellos. Lo aventó con fuerza hasta un contenedor de basura, ocasionando que se lastimara fuertemente por ese ataque que nadie esperaba. Al segundo, que se cubría con la mujer, le propinó un fuerte puntapié, seguido de una gran patada en la cara.

El primer individuo pronto se recuperó y golpeó a Luis en la cabeza con una piedra que encontró. Esto, lejos de lastimarlo, lo enfureció y se les fue a golpes con una furia sin control. La chica se incorporó y huyó corriendo inmediatamente; se dirigió rápidamente al bar en busca de ayuda.

Los tres hombres no lo notaron, estaban enfrascados en su lucha; Luis atacando y golpeando sin piedad, y los otros dos sujetos tratando de defenderse ante un enemigo que parecía estar poseído por el demonio.

Inesperadamente, uno de ellos sacó un arma de entre sus ropas, apuntando a Luis, amenazándolo de que los dejara ir o no dudaría en disparar. Oídos sordos que no cesaron ante esa amenaza. Luis se encaminó con furia contra el tipo del arma, y éste, más por miedo que por la intención de cumplir su advertencia, disparó en varias ocasiones. Sin embargo, falló; eso debía ser, a pesar de lo cerca que tenía a Luis, pues éste no se detuvo. Luis le arrebató el arma y con ella golpeó en la cabeza al mismo que le disparó, hasta que quedó bañado en su propia sangre, ya sin vida. El segundo atacante de la mujer quiso huir, pero Luis no lo permitió. Le disparó con las balas que quedaban, acabando con su vida después de hacerlo sufrir. El primer impacto fue en su pie, para impedirle correr; el siguiente en la otra pierna, lo que ocasionó que en ese lugar, por el dolor, gimiera.

Luis se quedó de pie, observando cómo aquella persona se arrastraba, lloriqueaba y suplicaba que todo eso ahí terminara. Cosa que no ocurrió así, puesto que Luis introdujo el arma en la boca del tipo para quitarle la vida inmediatamente.

Los dos atacantes quedaron muertos en ese callejón, de manera grotesca, violenta y por demás sangrienta. Luis estaba estático, de pie, en medio de esta escena. Parecía estar en trance, ajeno a lo que acababa de ocurrir. Lentamente, sacudiendo su cabeza, parecía que volvía a ser él mismo. Vio a su alrededor sin saber exactamente qué había ocurrido, mucho menos supuso que él tenía algo que ver. Era como estar lejos; en su habitación primero y al siguiente instante en ese callejón. Un dolor en el pecho y el abdomen lo devolvió rápidamente a la realidad de esta situación. Se llevó las manos a las partes de su cuerpo que le causaban ardor y éstas se mancharon de rojo al contacto con las zonas de dolor. Sangre, su propia sangre, que brotaba de heridas que no sabía que tenía.

Intento gritar para pedir auxilio, pero su boca, con sabor a cobre por el líquido carmesí que brotaba de su ser, se lo impidió. Sus ojos se llenaron de lágrimas, las piernas perdieron su fuerza y se desvaneció junto a uno de los otros cuerpos. La música del bar resonaba en sus oídos, como una extraña sinfonía de despedida. Miró al cielo por un instante y vio una mueca extraña que parecía tener la intención de ser una sonrisa. Y con un último suspiro, su alma abandonó ese cuerpo adolorido.

La muerte estaba feliz. Un buen negocio había hecho. En vez de un alma indecisa que mucho tiempo le llevó, esa noche, tres en un instante, al mismo tiempo, cosechó.

—Tal cómo te lo dije Luis: te daría la fuerza para que cumplieras con tu anhelo, al tiempo que yo ganaba otras dos almas para mi reino.

Definitivo adiós

Furioso agarró su vaso y terminó el contenido del mismo en un solo trago. No le causó ninguna gracia ser humillado y rechazado por su amante en un lugar público. Primero la escena donde lo terminaba, después la cachetada y, finalmente, el mareo al tratar de incorporarse rápidamente al impedir que se alejara. Fue por un instante, un breve momento, donde el vértigo lo cegó y no supo de sí. Notó que ella se alejaba velozmente sin mirarlo siquiera. Se quedó ahí, estático, viendo cómo parecía ser el final... Ni siquiera intentó perseguirla, no tenía caso. Ella rápidamente se perdió de su vista al atravesar la puerta.

Cuando se calmó un poco notó que era observado por una joven mujer de piel blanca, silueta perfecta que invitaba al placer, con labios carnosos y rojos que se antojaban besar tan sólo al mirarlos. Ella le sonreía, al tiempo que levantaba su copa, con esos ojos cautivadores que lo hicieron vibrar.

Él se sintió alagado. Sabía que encontraría a otra, pero no esperaba que fuera tan pronto. Caminó en dirección de la bella dama y se sentó a su lado. Fue alucinante escucharla hablar, casi hipnótico.

—Qué ganas tengo de besarte, cariño, de estar los dos a solas y tenerte para mí.

—¡Oye, tranquila, corazón! Sé que soy cautivador, pero vas muy rápido. ¿O eres acaso de esas mujeres que cobran por sus encantos? Si es así, olvídalo. Nunca he pagado por eso.

—No, cariño, te aseguro que no soy de esas mujeres que mencionas. Tú me resultas fascinante; de sólo verte de cerca te aseguro que ardo en deseos de tenerte.

El hombre sonrió con malicia. No entendía el juego de ella, pero no estaba dispuesto a desaprovechar esa gran oportunidad.

Sus rostros se inclinaron y sus labios despacio se encontraron. Ella acarició su rostro y él se deleitó con esos labios carnosos. Fue un beso apasionado, intenso, que duró más del promedio. Él se sintió fascinado, como si su mente fuera transportada a otra dimensión. Ninguna otra mujer lo había hecho sentir de esa manera. Por un instante bajó la guardia y sintió que era todo lo que anhelaba.

—Quiero ir contigo, lejos de todos ellos, solos, para estar juntos y entregarnos el uno al otro.

—Querido mío, yo estoy aquí por ti. Dame la mano. Marchémonos entonces, como lo deseas.

El hombre se dejó guiar por la encantadora mujer. Algo en ella hacía que perdiera su voluntad y nada le importara. Sólo con ella, lejos, para juntos estar.

En el lugar donde el hombre habló con la mujer por primera vez, yacía su cuerpo, que terminaba de convulsionar. Los parroquianos del lugar trataron inútilmente de ayudarlo, pero el veneno vertido en su bebida fue demasiado para su organismo. Así fue como su amante dio por terminada la relación, matándolo para evitar ese suplicio atroz que no la dejaba ser.

El hombre se dio cuenta tarde que fue la misma muerte quien lo esperó en ese lugar, sellando su destino con ese beso que lo transportó al más allá.

¡Asesino!

Y siguen y siguen los gritos contra mi persona, acusándome de ser un asesino, maldiciéndome y atormentándome con palabras altisonantes. Es algo que, creo, nunca terminará. Acostado boca arriba, tapándome los oídos, quiero que esto acabe ya… pero sé que no ocurrirá.

Recuerdo que todo empezó un día normal entre semana. Salí de prisa por los asuntos del día; portafolio, teléfono, agenda… Todo en su lugar y listo para la jornada laboral.

Fue uno de esos días cuando pequeños inconvenientes te hacen perder el tiempo, que te atrasan unos minutos, pero que sumados marcan una diferencia. En esa fecha en particular no podía darme ese lujo; estaba por cerrar un negocio muy importante. El cliente era exagerado con la puntualidad y los nervios me empezaban a traicionar. Trataba de estar tranquilo, pero perdía el control y la calma con cada inconveniente que se presentaba.

Observé la hora. Era tarde, ¡muy tarde! Repasé en la mente el trayecto, así como las calles, avenidas, semáforos y la cantidad de tráfico a esa hora. No, no podía arriesgarme. La autopista era lo mejor. Evitaría los semáforos en rojo y sería más fluido el trayecto.

Entré en la vía rápida, haciendo rugir el motor del automóvil más allá del límite de la velocidad. Junto con la adrenalina y los nervios fue una gran sensación. Me sentía emocionado y seguro de que lo lograría. No fue así.

De la nada, antes de entrar a una curva, un pordiosero salió frente a mis ojos. Caminaba tambaleándose en el carril de alta velocidad en la autopista. No pude hacer nada: esquivar, frenar, amortiguar el impacto... nada. Todo fue rápido y lento al mismo tiempo. Su cuerpo golpeado y sangrante se estrelló contra el parabrisas y salió volando por los aires. Por el espejo retrovisor observé que se desnucó al caer.

Lo siguiente es que me impacté contra el muro de contención. Por la velocidad, el golpe fue brutal. El auto dio un par de volteretas en el aire y fue ahí cuando perdí el sentido.

Cuando desperté, estaba encadenado a una cama de hospital. Agentes policiacos me mostraron una serie de fotografías de como quedó el individuo que atropellé. Les di mi versión, alegando en todo momento que no fue culpa mía. ¡Él no tenía que estar caminando por ahí en primer lugar! El exceso de velocidad fue uno de los atenuantes en contra. El auto fue pérdida total.

Justo al recobrar la conciencia empezaron las alucinaciones. Ese tipo, el vago, se presentaba ante mí para reclamarme por su muerte, culpándome, maldiciendo y escupiendo.

Estás visiones fueron tan reales e impactantes que me trasladaron a una institución psiquiátrica. El médico que me atiende está convencido que es estrés por haber privado de la vida a otro ser humano. En verdad agradezco y valoro todo lo que hace por ayudarme, pero... nada funciona. No sirve. El vago regresa cada vez con más fuerza, amenazante, mirándome con odio y prometiendo un castigo eterno cuando deje este mundo.

Los medicamentos son cada vez más fuertes; paso la mayor parte del tiempo perdido inconscientemente. Es por mi seguridad, por mi bien… Es lo que dice el doctor. No, no es que me ponga violento, simplemente a veces el acoso es tanto que arremeto con furia contra el vago. Le grito, lo insulto, le aviento los objetos que tengo cerca... lo que sea para que me deje de amenazar y me dé un momento de paz. Él sólo se burla para reclamarme de nueva cuenta su destino. Asesino… así se refiere a mí.

Aquí está otra vez. Apenas recobro algo de lucidez y aparece de nueva cuenta. Grita, insulta, amenaza... Lo siento al interior de los oídos y lo veo a milímetros de mi rostro. Ya no... ya no puedo más... Mañana, que es día de terapia grupal, buscaré quitarme la vida con un vidrio, una navaja o una pluma, ¡lo que sea! Para, en su estado de muerto, poderlo enfrentar.

Intensa enamorada

"Algún día los besos que imagino acabarán en el deleite de mis labios. Algún día me dirás que soy la mujer de tu vida, que será imposible pasar un día sin mí. Algún día, mientras camine, vendrás por detrás y me abrazarás para no soltarme jamás. Algún día me mirarás tiernamente… Me sentiré como una niña, pero cuando me acerque a ti sabré que soy una mujer dispuesta a amarte y dejarme amar. Algún día escucharé muchos te amos, muchos no puedo vivir sin ti, muchos te extraño. Algún día te cantaré mi canción preferida, esa donde el corazón me dicte en cada latido lo que por ti siento y de mi voz tú lo puedas escuchar. Algún día mis caricias se harán necesarias en tu piel; seré como un tatuaje difícil de arrancar, seré ese latido que no dejarás de sentir, ese recuerdo que no podrás olvidar. Algún día te darás cuenta de que nunca he dejado de estar ahí. Algún día te darás cuenta de que pierdes tu tiempo buscando a alguien más. Algún día… algún día… Sólo espero que ese día no sea demasiado tarde… porque a veces el corazón se cansa de tanto esperar".

—¿Reconoce la letra? ¿Le es familiar la fotografía de esta mujer?

—Sí, es Nora y también sé que quería que fuéramos algo más que amigos, pero, ¡tiene tiempo que no la veo, no tenía idea de todo esto!

—Tendrá que acompañarnos a la delegación. Sus huellas dactilares y algunas pertenencias se encontraron junto al cuerpo de la víctima.

Los agentes del orden llevaron a cabo la detención, sin imaginar siquiera que el espíritu sonriente de la difunta los observaba con malsana satisfacción.

No tan dulce despertar

Sentí como, con cada respiración, cada vez que tosía la vida se me escapaba. El pecho me quemaba, la espalda dolía y el intentar jalar aire a los pulmones era cada vez peor. Esa noche fue un suplicio total. La fiebre nunca cedió, la almohada estaba empapada y me dolía cada respiración. Se desvaneció mi visión y eso fue lo último que aconteció...

—Dormilón, levántate ya. Es hora de partir.

—¿Quién... qué...dónde...? Ya no me duele el pecho, ni la espalda. Mucho menos esta sensación de tener que esforzarme por una bocanada de aire. ¿Lo logré? ¿Superé la enfermedad?

¡Quería gritar de alegría, disfrutar del momento, tomar un buen baño, saborear una buena comida y aprovechar cada segundo de la vida! Estaba inmensamente feliz, hasta que la vi bien.

Quien me habló al despertar fue mi abuela materna. Ella falleció hace más de dos décadas.

Extraño amigo

Los niños sentados compartían sus experiencias de la noche de brujas, haciendo un recuento de sus aventuras, los dulces que tenían y los demás disfraces que se apreciaban esa noche.

—¿Entonces no te dejan venir a mi casa?

—No, no puedo salir. Mi mamá no me da permiso. Tengo que estar aquí.

—Qué mal, en la otra calle es donde mejor adornan las casas y te dan los mejores dulces.

—Gracias, pero no puedo.

Los dos niños se despidieron con la clásica señal de adiós con las manos. El pequeño vestido de fantasma, con los ojos hundidos y la ropa manchada de sangre, observó cómo se alejaba su nuevo amigo.

—¿Qué te parecieron los adornos, bebé? ¿Te gustó que viviéramos aquí?

—Sí, mamá. Pensé me daría miedo, pero no fue así, hasta conocí a un nuevo amigo. Lo invité para que nos acompañará, pero me dijo que su mamá no lo dejaba y que él vivía aquí.

La señora realizó una pausa en el andar, tomó la barbilla de su pequeño hijo y mirándole a los ojos le preguntó seriamente:

—Bebé... ¿de qué hablas? Esto es un panteón, nadie vive aquí, sólo estamos de visita esta noche por la festividad.

—El sí; me dijo que tienen mucho tiempo así, desde que su papá llegó borracho a su casa y les pegó muy fuerte a él y a su mamá. Dice que no pueden salir.

Destino no planeado

Abordé el autobús en la central del norte de la capital, con la esperanza de poder dormir la mayor parte del viaje y no estar despierto muchas horas.

El autobús estaba casi vacío. Había un señor de poco más de 50 años, un par de mujeres jóvenes y yo; los únicos pasajeros aparte del chófer.

El camión inició el viaje cuando iniciaba la lluvia, que esperaba no fuera por mucho tiempo, ya que eso provocaría que el viaje fuera más lento. De poder, hubiese viajado en avión; estaría en pocas horas en mí destino, evitando todo este suplicio.

Por las noticias recordé que había una tormenta o un huracán que afectaría el trayecto por lo menos la mitad del viaje. Intenté dormir entonces. Me acosté en los dos asientos y cerré los ojos. La lluvia y los truenos arremetían contra la ventana, dificultando la siesta que pretendía realizar.

—Parece que será un viaje complicado.

La voz de un tipo me interrumpió del intento por poder descansar.

—Yo viajo al norte por negocios; una nueva cadena de zapatos en Torreón.

El tipo, al parecer, tenía ganas de charlar, pero yo no estaba ni con ánimos ni ganas de hablar con nadie. Bruscamente se lo hice notar.

—¡Déjeme en paz! Atienda sus asuntos y déjeme dormir.

Después de eso me acomodé de costado y lo ignoré completamente. Sin darme cuenta me venció el sueño. ¿Horas o minutos? No lo sé, sólo sé que desperté bruscamente por un rechinido de llantas y el frenar brusco de la unidad. Caí de bruces y me golpeé la cabeza fuertemente, tanto que me mareé al tratar de incorporarme y me dieron muchas ganas de vomitar. Todo a mi alrededor parecía moverse en cámara lenta. Algo me decían o gritaban, pero no entendía ni media palabra. Me quise incorporar y una punzada en la cabeza me obligó a recular. Finalmente, me desmayé y quedé tendido en medio del pasillo.

Después de no sé cuánto tiempo recobré el sentido. El mismo tipo estaba a mi lado; sonreía y preguntaba por mi estado.

Me llevé la mano a la cabeza y sentí que algún líquido se impregnó en el cabello. Al observarme la mano noté que era sangre. Me descalabré. Supongo que el golpe fue más grave de lo que pensé.

Me puse de pie, fui hasta donde el conductor y le pregunté si tenía botiquín de primeros auxilios. El tipo me ignoró totalmente. Sé que debía manejar y concentrarse en su labor, pero fue de pésima educación que ni siquiera me volteara a ver.

Molesto pregunté en voz alta si todos estaban bien y si alguien me podía ayudar. Nadie quería ayudar, sólo ese tipo raro e impertinente, que con muecas parecía burlarse de mí.

Avancé hasta el baño para lavarme el rostro, limpiarme la herida y ver la magnitud del golpe. Al llegar no había agua. El espejo estaba roto y percudido, como si fuera un objeto viejo que nunca fue limpiado.

Salí de ahí y me asomé por la ventana para ver por dónde andábamos y buscar un paradero, alguna estación de servicio o un lugar para detenernos y utilizar otro sanitario. Lo que vi en verdad me desconcertó: la carretera estaba obscura en su totalidad; ninguna lámpara, foco o algún otro vehículo, sólo las luces de nuestra unidad y nada más, que alumbraba unos cuantos metros, los suficientes para avanzar. Me senté entonces y traté de ver alguna señal o indicio para ubicar el punto del trayecto por donde en ese momento avanzábamos.

Pasaron más de 50 minutos y nada cambiaba, todo seguía igual. En línea recta seguíamos. Nadie se movía de su lugar ni decía palabra alguna. El chófer, estático en su misma posición. Grité entonces que me quería bajar, que detuviera el autobús. Esto era lo mejor; esperaría a orilla de la carretera hasta el amanecer. Alguien tendría que pasar, darme un aventón, decirme la ubicación, ¡algo!

En eso estaba cuando el tipo de antes se sentó a mi lado. Puso una de sus manos en una de mis rodillas y me pidió que me calmara.

—Tranquilo, chico. No te desgastes, no vale la pena.

Antes de que pudiera replicar me dijo algo que me paralizó, y, al momento de escucharle, algo dentro de mí supo que era verdad.

—Tuvimos un accidente, por eso el golpe fuerte en tu cabeza. Todos morimos y ahora somos parte de este autobús fantasma que vagará eternamente por el mismo recorrido.

¿Mamá?

Desperté de golpe en la madrugada, con un sobresalto y la sensación de que algo estaba terriblemente mal. No sé cómo, no se realmente qué, pero lo sentí en lo más profundo de mi ser. Me levanté de la cama y caminé despacio hasta la habitación de mis papás. Papá no se encontraba en casa, viaje del trabajo, como sucede en algunas ocasiones. Sólo estábamos el bebé, mamá y yo. Caminé despacio hasta su habitación, descalza, en puntillas, para no hacer el menor ruido. Giré el picaporte de su puerta despacio y al abrir la puerta lo vi. Una cosa negra, encorvada, parecía estar devorando a mamá; su brazo inerte colgaba de un costado de la cama y sus ojos estáticos miraban a la nada. Fue algo de pocos segundos, pero lo suficiente como para asustarme demasiado. Cuando traté de escapar, esa cosa se percató de mí. Corrí lo más aprisa que pude y me refugié en mi habitación. Al estar en la cama me tapé la cabeza y me puse a rezar por mamá, por el bebé, por mí. Entonces la cobija me fue arrebatada en un instante, un tirón rápido que no pude notar antes. Y ahí estaba ella, acariciando mis cabellos y preguntándome si todo está bien. No sabía qué pensar; mamá estaba frente a mí, extendiendo sus brazos, dándome consuelo y refugio. Ella notó lo acelerado de mí corazón e intentó calmarme al decirme que fue una pesadilla y nada más. "Duerme, descansa, trata de olvidar". Eso fue lo que me dijo para tranquilizarme. Yo sólo asentí. La observé alejarse y cerrar la puerta. En otras circunstancias eso hubiese bastado y estaría bien para mí, de no ser por el hecho de que todo ese tiempo vi a mi mamá con el bebé flotando sobre mí.

Tormento, venganza y horror

El hombre arremetía la agresión contra su enemigo; de pie, enterrando el tacón de su bota en sus riñones, sosteniendo una barrera fuertemente mientras la enterraba de nueva cuenta en medio de su espalda, moviéndola para causar el mayor daño posible. Una imagen dantesca, donde el vencido yacía en el suelo y el vencedor le pisaba, humillándolo y haciendo gala de su poderío. La sangre y los huesos rotos del caído llenaban el lugar de ese olor a miedo, sangre y angustia.

Como una especie de súplica, intentando una clemencia que sabía que no obtendría, el infeliz golpeado intentó articular palabra. Fue difícil al principio, pues la boca le sabía a metal por las heridas sufridas: dientes rotos, quijada dislocada y el rostro hinchado por los golpes, lo que dificultaba observar lo que ocurría a su alrededor.

—Por favor... ya no más... Te lo suplico... Lo lamento... mucho. Estoy arrepentido... Ya no más...

—¿Ahora estás arrepentido, Armandito? ¿Y cuando lastimaste a mi hija lo estabas también?

El victimario tomó entonces un hacha, y de un golpe seco y fuerte desprendió la cabeza de su oponente. Ésta rodó un par de metros, cerca de sus pies; la tomé entre las manos, levantándola a la altura de su rostro, le acomodó el cabello como si lo peinara y le comenzó a hablar de nueva cuenta:

—Lo debiste pensar mejor. Ella confiaba en ti. ¡Yo te traté como a un hijo, comiste de mi mesa, te albergamos en casa! Eres basura inmunda que se merece cada cosa que te hago.

—¿Hasta cuándo terminará este suplicio? ¡Ya no resisto más!

El hombre golpeó el rostro de la cabeza parlante y lo arrojó lejos de él. Se dio un tiempo para ordenar sus ideas. Con tono melancólico, pausado, dándole la espalda, le respondió de nueva cuenta.

—Engañaste a mi hija. Abusaste de ella y nuestra confianza. No te bastó con ilusionarla y hacer que se entregara a ti; querías más, que todos la vieran como tú lo hacías. Nos la mostraste a todos como si fuera una cualquiera, grabándola mientras lo hacían... No sé qué es peor, si la traición a nuestra confianza o que participaran en esa grabación dos de tus depravados amigos. ¡Eso fue un abuso de tu parte! Fue lo que la mató por los desgarres y heridas internas que le ocasionaron. Cuando nos dieron la noticia de que no resistió la intervención, mi esposa, su madre, salió rápido del hospital, presa del dolor, cegada por el llanto; no observó ni se percató del vehículo que la arrolló. En el mismo día perdí a las dos mujeres más importantes de mi vida... ¡Por ti, por tu miserable culpa y existencia! ¡Por tu depravación atroz!

Presa de la furia, el victimario arremetió de nueva cuenta contra esa cabeza decapitada, rebanándola en muchos pedazos, como si fuera de arcilla. Finalmente, el cráneo fue descuartizado, esparciendo los pedazos por muchos lados.

—Ella está bien con su mamá, eso me trae algo de paz... Pero tú, ¡tú tenías que pagar, no te dejaría sin castigo! Por eso es que te perseguí, te torturé y te maté; tomé tu idea y grabé el momento mientras terminaba con tu miserable vida. ¡Cómo lo gocé, cómo lo disfruté; con cada súplica y nuestra de dolor me hacías sentir mejor! Pero no era suficiente, no para ti... por eso el trato con el maligno, para perseguirte después de muerto y continuar con tu tormento eterno, a manos de mí. ¡Yo, tu eterno torturador! Con la fuerza y poder del mismo infierno; y así será hasta el fin de los tiempos... Mañana, cuando en el mundo de los vivos sean las tres de la madrugada, volveremos a empezar. Y te juro por el mismo señor del mal que jamás, ¡jamás te dejaré en paz!

Marido ofendido

El celular vibró y el hombre sonrió al ver el mensaje de ella en la pantalla, sensación de alegría que dio paso inmediatamente al desconcierto al leer el contenido completo: "Tenemos que darnos un tiempo, mi marido sospecha de lo nuestro. No me busques. Yo te diré cuándo será el momento indicado". Después de eso ni siquiera se tomó la molestia de responder. Seguramente era una más de sus rabietas. ¿Era acaso una estrategia para dejarlo de ver? Sus celos y cavilaciones invadían sus pensamientos, hasta que llegó esa inesperada interrupción.

—Disculpa, ¿Felipe Montes?

—¿Quién pregunta y qué quieres? No es un buen momento, amigo. Lárgate si sabes lo que te conviene.

Esta actitud y valentía se esfumaron en un santiamén cuando su interlocutor le apuntó directamente con un revolver.

—Tranquilo, amigo, sin que te aloques. Toma mi cartera, el teléfono y lo que quieras.

—¡Lo que quiero es que dejes de verme la cara de imbécil! ¿Conoces a Samantha? Seguramente sí; ustedes dos son "amigos especiales".

El hombre con las manos en alto entendió inmediatamente lo que estaba pasando. Pensó en alegar, defenderse, negar todo e intentar huir rápidamente. Nada de eso ocurrió. El impacto directo a su rostro en un instante su vida terminó.

Portal

Ella se resistía a irse con él, sin embargo, él la jalaba de las piernas mientras se burlaba y la pellizcaba. Los demás integrantes del grupo, amigos de ella, permanecieron estáticos, observando la escena. Ninguno se atrevió a intervenir o a hacer algo. Finalmente, él se la llevó, en medio de muecas, maldiciones y una risa estruendosa y burlona.

—Su anfitriona es mi premio. Ella nos convocó y para mí la quiero yo.

Fue lo que dijo antes de partir con la joven mujer. Después de eso, la güija se cerró, y en medio de una llamarada verde se consumió.

Matías

—Entonces, Matías. ¿Algo que nos quieras decir?

—No, nada, sólo lo que ya les dije. Mamá y papá son malos y me maltratan mucho.

—Claro, eso no está bien, pero queremos entender un poco más lo que ocurrió. ¿Estás seguro de que no se te olvidó algún otro detalle o suceso importante?

—No, estoy seguro. Ellos me gritaban y pegaban todo el tiempo, me comparaban con mis compañeros de la escuela y nunca era suficiente lo que hacía. Tenía muchas ganas de que me quisieran por ser yo, que se sintieran orgullosos de mí, pero, sin importar lo que tratara, nunca era suficiente.

—¿En qué momento apareció «tu amigo» que te dio esa idea?

—Fue después de uno de los regaños de mamá; me llamó estúpido y bueno para nada. Entonces resbalé y su teléfono se estrelló contra el suelo. Me jaló de las patillas, me dejó marcados los brazos y las piernas con la hebilla del cinturón y esa noche no pude comer nada. Ahí fue cuando lo empecé a escuchar, diciéndome lo que tenía que hacer. Cada que me gritaban era más insistente, se hacía más fuerte y me animaba a defenderme.

—¿Hablaste de esto con alguien? Ya sabes, algún amigo de la escuela.

—No tengo amigos. En la escuela dicen que soy raro y los vecinos tiene mucho que no vienen a la casa porque siempre me pegan y estoy castigado.

El oficial se limpió el sudor de la frente mientras trataba de asimilar lo ocurrido. Se llevó la mano a la boca, suspiró hondo y se levantó del asiento. Dio una palmada en la espalda del chico y, evitando que fuera escuchado, habló con uno de sus compañeros.

—¿Alguna novedad, pareja? ¿Cómo se procede en estos casos?

—No sé, Vargas, está de la fregada esto. ¿Los del Semefo ya terminaron su chamba?

—Ya, pareja. Nadie más, ningún otro participante. Sin huellas, allanamiento de la vivienda o algún otro coludido. Actuó solo.

—Pues al tutelar para menores será, aunque no sé qué siga después para este muchacho. ¿Cuál fue el dictamen de los compañeros?

—Causa de la muerte de ella: fractura de cuello. La empujaron por las escaleras y al final se le destrozó el cráneo con el martillo que está aún en su cabeza. Del tipo, el disparo en la frente. Aún estaba con vida cuando se le arrancó la cara con esa navaja; eso le debió ocasionar demasiado sufrimiento. Está enfermo el chico, pareja.

—Mucho, demasiado, pero con lo que dice, su defensa posiblemente alegue daño psicológico. Como sea, no deja de ser algo muy enfermo, máxime porque tiene tan sólo siete años.

Promesa incumplida

—¡Suéltame, Enrique! ¡Ya basta!

La mujer estaba muy asustada; forcejeaba y trataba inútilmente de liberarse. La fuerza de aquel individuo la superaba por mucho.

—Me dijiste que estarías conmigo para siempre, eternamente, ¿recuerdas? Cumple, pues, tu promesa.

—¡Enrique, por lo que más quieras, suéltame y déjame ir! No... no está bien, no puede ser…

—¡Nunca te dejaré! Te amo y quiero que estés conmigo.

Ella intentó de nueva cuenta liberarse. Quería huir, escapar, correr lo más rápido posible y alejarse sin mirar atrás.

—Te amo y mucho. Nuestro destino es estar juntos y así será.

Él la arrastró de nueva cuenta, jalándola contra su voluntad. Ella, horrorizada y sin poderlo evitar, fue con él hasta su morada. Nunca imaginó que esto podría pasar cuando le fue a dejar esas flores al panteón.

¿Accidente?

Hoy tuve un accidente tan fuerte que la persona que impacté se golpeó fuertemente. Tristemente, murió al instante. Su acompañante, una bella y joven mujer, terminó con el rostro dañado, muchos cortes y vidrios incrustados; fue impactante y terrible. Él venía ebrio, así que la responsabilidad se la imputaron a este conductor. Después del peritaje, las investigaciones y muchas horas de declaración en la agencia ministerial, se deslindaron responsabilidades. El consumo de alcohol fue determinante en el fallo. Dos personas seriamente afectadas, una de ellas, lamentablemente, perdió la vida. Muy desafortunado que fuera el esposo de mi hermana, quien en ese momento con su amante estaba.

Día del estudiante

Todo sucedió en un día como hoy, celebrando el día del estudiante. Una tardeada para conmemorar la fecha.

La escuela tenía una parte que le llamábamos la zona prohibida, ubicada al final de una sección que no se utilizaba. Alguna vez nos llegamos a aventurar por ahí y vimos que era un cuarto de música, con varios instrumentos llenos de polvo, una puerta al fondo y algunas butacas en mal estado. Esta parte del colegio parecía abandonada, con telarañas y mucho polvo acumulado. En esa ocasión, el conserje nos gritó para que nos alejarnos lo más rápido posible. Luego de eso acordonaron el área con cinta amarilla y algunos letreros, indicando que se prohibía el paso.

En nuestro festejo, un grupo de amigos y yo acordamos ir a investigar qué ocultaban en ese salón abandonado. Nos escondimos atrás de los baños que estaban cerca y esperamos a que todo terminara. Salimos de nuestro escondite cuando estuvimos seguros de que ya no había nadie. Prendimos las lámparas de mano que llevamos previamente para la ocasión y con ayuda de un par de martillos rompimos los candados y la chapa. Las luces sí prendieron al accionar el interruptor, pero olía a viejo todo el ambiente y en todas partes había demasiado polvo, tanto que provocaba estornudar, sin poderlo evitar. Hablamos en voz baja, midiendo nuestro volumen para no ser detectados.

—¡Cállense, que nos puede oír el velador!

—¿Tienen velador aquí?

—Sí, todas las escuelas tienen uno para que no se metan a robar.

—Oigan, ¿y si mejor nos vamos? Yo escuché que una maestra que daba clase de música murió aquí por un infarto y está penando desde entonces.

—¡Eso no es cierto! Cerraron esta parte porque el conserje anterior trajo a una niña aquí y la violó. Después de abusar de ella la mató. Dicen que si mencionas su nombre tres veces con una vela negra, se aparece.

—Chicos, no es gracioso. Ya vámonos, por favor. Algo no está bien, tengo mucho miedo.

—¡Cállate y cálmate, Susana! Son sólo historias para niños. ¿Crees que si hubiese pasado algo así la escuela seguiría funcionando?

—Yo escuché que antes esto fue un panteón y...

—¡O que la... y dale con eso! Todas las escuelas antes fueron panteones. ¿Puros muertos había o qué?

Los jóvenes seguían avanzando sigilosamente. Llegaron hasta la puerta que se observaba por afuera y ésta tenía un enorme candado. Antes de decidir si continuaban o no, las luces se apagaron súbitamente, cerrándose la puerta principal de manera brusca, con un azotón. Eso espantó a los muchachos y atropelladamente quisieron escapar de ahí.

—¡Auxilio, algo me está jalando de los pies! ¡Ayúdenme!

—¿Susana, dónde estás? Dame la mano, ¡Susana!

En medio de la oscuridad se escucharon gritos de la chica, empujones, golpes y su voz suplicando que la dejarán en paz. Con los martillos golpearon la puerta de madera hasta romperla. Ninguno pensó en cómo su compañera atravesó ese lugar si estaba cerrado. Cuando pudieron entrar, ella estaba con la ropa desgarrada, sangrando, golpeada y en un estado de shock.

La cargaron como pudieron y salieron lo antes posible de ahí. Muy a su pesar les hablaron a sus familiares y en medio de sollozos y lamentos les contaron a los adultos lo que había pasado. Después de las pruebas e investigaciones, los investigadores corroboraron que no había rastro de ADN de ninguno de los jóvenes en la pobre Susana. Sea lo que fuera que la atacó, no pertenecía a ningún alumno o trabajador de la institución.

Los chicos se volvieron retraídos y hablaban lo menos posible. Poco a poco dejaron de asistir al colegio y terminaron el ciclo escolar enviando trabajos y actividades que les pedían.

En cuanto a Susana, jamás se recuperó. La internaron en un hospital psiquiátrico, donde señalan sus cuidadores que cada noche "pelea y se enfrenta" a una cosa que amenaza con llevársela con ella.

Tan sólo queda esperar

—¿Y qué se supone que haga cada noche?

—Nada, sólo esperar.

—¿Pero cuánto tiempo estaremos así?

—No sé, ya ni recuerdo hace cuánto estoy aquí.

—¿En verdad no podemos intentar algo? ¿Y si pedimos ayuda?

—Si quieres. No te harán caso, pero compruébalo por ti mismo.

El chico más joven tomó asiento al lado del mayor. Recargados en la pared esperaron el siguiente amanecer.

—Entonces... ¿Nada?

—No, sólo esperar.

—¡¿Aún más!? ¿Hasta cuándo?

—Hasta que alguien encuentre nuestros cuerpos y nos puedan sepultar.

Mi bebé Y YO

—Señora García, me preocupa sobremanera el aumento de su presión los últimos días.

—Me duele mucho la cabeza, doctor. Y también me preocupa que esté bien el bebé.

—Ese es otro punto que le tengo que mencionar. Ya casi no tiene líquido amniótico, no está dilatando y no creo que lo haga. Su presión está en 140/100 y es demasiado peligroso para ambos. La vamos a tener que intervenir de emergencia.

—¿Cómo dice? ¿Cuándo será eso? Mi ginecólogo me programó para el siguiente fin de semana.

—Señora, no está comprendiendo la seriedad de su situación. Usted acudió a este hospital por un severo dolor de cabeza y mareos y se debe a la presión alta; la tenemos que operar lo antes posible.

Después de eso, el medico salió de la habitación para preparar lo necesario para esa intervención de emergencia. Por la mente de la mujer pasó la idea de escabullirse y buscar alguna otra opinión de un diferente especialista. Ni siquiera se pudo sostener en pie; al tratar de hacerlo, el vértigo la obligó a recostarse en la cama del hospital. Empezó a contar y tratar de controlar sus respiraciones mientras las luces frente a sus ojos se incrementaban por el esfuerzo realizado.

No teniendo más alternativa, se recostó de nueva cuenta en la cama del hospital y esperó a que la llevaran a quirófano. Se acariciaba el vientre y decía frases de calma en tono pausado; si bien la intención era enviar ese mensaje a su hijo no nacido, la realidad es que hablaba para ella misma.

No había nadie que la acompañara o apoyara. El padre de la criatura no dio la cara y la dejó sola apenas se enteró de su futura paternidad. Su familia, al saber la noticia, también le dio la espalda y la corrieron del hogar. Lo que inicialmente fue una visita de control terminó en algo que requería atención inmediata.

La intervención obligada inició en medio de un tenso ambiente. Los médicos y enfermeras hablaban y bromeaban durante el proceso, a fin de aligerar la situación.

—Aplicaremos anestesia local. Escucharás lo que hacemos y tal vez sientas algún movimiento o molestias, es normal, pero si es algo intenso o sientes algo fuera de lo común, nos dices inmediatamente.

—Sí, doctor, gracias.

La mujer escuchaba. En su mente realizaba algunas plegarias y se preparó para el nacimiento de su hijo. Las manos realizaban el trabajo de la mejor manera posible. Ella sintió como las capas de piel eran rasgadas y separadas con cuidado. Sudor frío empezó a sentir en la frente y espalda, así como mucho sueño.

—Tiene el cordón umbilical enredado en el cuello. Está volteado también.

—Enfermera, las pinzas, de favor, ¡rápido!

—El pulso de la paciente empieza a descender, doctor.

—¡Que alguien traiga al cardiólogo Mendoza de inmediato!

—¡Compresas aquí, enfermera, se está desangrando!

Poco a poco el sueño la fue venciendo mientras su piel tomaba una tonalidad extremadamente pálida. Quería permanecer despierta, pero le pesaban demasiado los ojos. Un momento, sólo descansaría un instante; tenía que estar atenta cuando naciera su bebé, pues quería escuchar su llanto y tenerlo en sus brazos.

Lo siguiente que pasó al recobrar la conciencia es que estaba acostada en la cama del hospital. Su hijo se encontraba en medio de sus piernas, envuelto completamente. Se incorporó con cuidado, o intentó hacerlo por lo menos, pero el dolor de la herida le indicó que esa era una mala idea.

Solicitó el auxilio de alguna enfermera, pero nadie le respondió, a pesar de escuchar el barullo propio de un hospital afuera de la habitación. Se estiró lo más que pudo y logró cargar a su hijo. El tenerlo en sus brazos fue la experiencia más placentera y maravillosa de toda su vida. Besó su frente, mojó su rostro con sus lágrimas y agradeció al Creador el poder tener esa dicha. Le habló con todo el amor que le era posible para decirle lo mucho que significaba para ella su llegada, que, a pesar de las circunstancias, siempre lo apoyaría y estaría ahí para él.

El pequeño dormía inmóvil, con sus ojos cerrados y su piel arrugada; un angelito en toda la extensión de la palabra. Se sentía seguro y cómodo en los brazos de su madre.

Ambos en esa habitación, a solas. Los dos en una gran paz que les pertenecía a ambos. Madre e hijo, muertos durante el parto, ahora atrapados como almas en pena al interior del hospital, mientras la muerte sonreía complacida por las dos nuevas almas que se adjudicó en el lugar.

¡Gracias, papá!

—Fin de semana largo y yo apenas voy de regreso a mi casa. Estoy cansado, fastidiado y harto. Maldita la hora cuando se accidentó ese chófer. Manejé más de tres horas para llegar al lugar del siniestro, y después pasaron varias más en lo que se resolvió la situación legal que fuera más conveniente para la empresa. Si bien me va, estaré llegando a casa una hora después de que amanezca. La compañía obviamente me paga el hospedaje, pero, ¿quién quiere alquilar una habitación a las dos de la madrugada para que el cuarto se entregue a las 11 del mismo día? No, mejor regreso de una vez y trato de disfrutar del tiempo que pueda en mi hogar.

El hombre trataba de mantenerse despierto tomando café, refresco y mascando chicle. La música de la radio también ayudaba un poco. Por la hora, el camino prácticamente le pertenecía. Ningún otro auto, sólo las luces que alumbraban la carretera, la malla ciclónica en las orillas y nada más.

En un parpadeo, mientras se frotaba los ojos para no dejarse vencer por el sueño, vio de repente a una mujer que prácticamente se colocó en medio del camino. ¡Salió de la nada!

Giró el volante fuertemente, tratando de evitar atropellarla. Aun así, sintió el impacto del costado derecho, así como pasar sobre el cuerpo con la llanta trasera de ese mismo lado.

—¡Maldita sea! Ya la desgracié y yo también.

Detuvo el vehículo y por el espejo retrovisor vio un bulto en medio de la carretera, así como a varios campesinos que se acercaban por ambos lados del camino. Uno de ellos algo gritó y avanzó con paso veloz para reclamarle por ese fatal accidente.

—Ni hablar, me tendré que defender ahora yo —suspiró el hombre con resignación y se desabrochó el cinturón de seguridad.

Antes de abrir la puerta escuchó la voz de su padre en el asiento de atrás, quien le gritó fuerte y frenéticamente.

—¡No te bajes ni te detengas, arranca, arranca y aléjate lo antes posible!

El sujeto obedeció sin decir palabras. Puso en marcha el automóvil y se alejó a toda velocidad.

Por el espejo lateral observó cómo sus perseguidores quedaban atrás, siendo inútiles sus esfuerzos para lograrlo alcanzar. Esa situación le quitó el sueño y manejó sin decir nada el resto del trayecto.

Por más que trataba, no dejaba de pensar en lo sucedido. ¿Quién era y qué fue de esa mujer? ¿De dónde y cómo salieron tantas personas a esa hora de la madrugada? ¿Qué ocurrió exactamente?

Al llegar a la ciudad fue primero a casa de sus padres. Entró sin hacer ruido. Se sentó en una de las sillas del comedor, cerró los ojos, tapándose la cara, y lloró como si fuera un niño. Sollozos en silencio, tratando de contenerse, sin que eso fuera posible.

Cuando por fin se calmó, se puso de pie y caminó hasta quedar frente a una gran fotografía colgada en la pared.

—Gracias, papá. No tiene ni un año que te fuiste y me sigues cuidando, como lo prometiste.

El hombre dijo una oración en voz baja. Salió de la propiedad sin hacer ruido y se propuso llevar un nuevo arreglo de flores al panteón.

Mejor amiga

Mi mejor amiga desapareció. Simplemente un día ya no regresó a su casa después de una simple salida con otro grupo de compañeras.

Su teléfono estaba apagado y por las investigaciones supimos que nunca llegó con las demás.

Sus padres dieron aviso inmediatamente a las autoridades. Su fotografía inundó las redes sociales y los grupos de búsqueda se dieron a la tarea de mover cielo, mar y tierra, sin ningún resultado.

Pasamos semanas en esa frenética búsqueda, hasta que nos dimos por vencidos. Ninguno quería aceptar la realidad, pero era obvio que algo muy malo le ocurrió.

Su hermano acudía todas las tardes al lago que estaba en el pueblo. Pasaba horas mirando el horizonte, como si de alguna manera su hermana pudiera aparecer a lo lejos. Yo lo conocía, pero no le hablaba. El lago estaba camino a mi casa y era inevitable no verlo.

Durante mucho tiempo traté de ignorarlo, hacer como que no lo notaba, hasta que un día me senté a su lado en el muelle y en silencio lo acompañé hasta que llegó la noche.

Nuestros encuentros se hicieron más frecuentes. Al principio eran en silencio, como un pacto entre ambos. Después empezamos a hablar de ella y tratábamos de darnos consuelo al recordarla.

Con el paso de los meses llegamos a ser novios, y justo en el aniversario de la desaparición de mi amiga me dijo que le gustaría que fuéramos a dar un paseo en el lago; las lanchas de los pescadores estaban ahí y no notarían si tomábamos una sin permiso.

Ese día, poco antes del amanecer, llegamos ambos tomados de la mano para nuestro paseo. Lo noté serio y algo distante. No era para menos. Era un año sin saber nada de su hermana. Nos besamos antes de partir y él me condujo cariñosamente a una lancha que tenía una caja en uno de los extremos. Para dar equilibrio y que no tuviéramos un chapuzón inesperado, me dijo.

Fue hermoso ver así el amanecer. En medio de esa quietud y paz nos acostamos mientras me sentía segura en sus brazos.

Me besó de nuevo y me dijo que me tenía una sorpresa. Cerré los ojos como lo pidió y la emoción me invadió por completo. Sentí que colocaba algo por mi cintura y cuello y traté de no hacer trampa. Ya quería ver qué era y me moría de la curiosidad.

Antes de abrir los ojos, o decir algo, sentí un empujón fuerte y brusco, con tanta fuerza que me expulsó de la pequeña embarcación y me hundí rápidamente, sin poderlo evitar.

Me ató con las cuerdas el cuello y sentí la opresión al instante. Unas pesas de metal hacían que me proyectara al fondo del lago con una velocidad impresionante. Aunque quise, no pude hacer nada por salvarme.

Y fue ahí que la vi. El cuerpo de mi amiga tenía una gran roca atada a sus pies, el rostro hinchado y los efectos de la descomposición de un año. Muerta, flotando con los ojos abiertos, como si me observara y juzgara.

Rápidamente me empecé a quedar sin aire. Sentí los pulmones estallar y supe que moriría en ese lugar. Con mi último pensamiento me pregunté cómo y desde cuándo sabía que fui yo quien mató a su hermana de esta manera, exactamente hace un año.

Tragedia y gran dolor

Todo pasó tan rápido que aun no entiendo qué fue exactamente lo que ocurrió. Lo último que recuerdo es que estaba acostado a su lado, como cada noche, mirándola con todo mi amor y sintiendo los latidos de su corazón.

Ella acariciaba mi cuerpo y me hacía vibrar de emoción. Ocasionalmente se levantaba en la madrugada para ir al baño o tomar algo. Ya tenía un par de días así, al parecer algo le inquietaba o preocupaba, pero nunca supe realmente qué podría ser.

Me abrazaba y besaba y parecía estar todo bien. Después de eso, una foto juntos, una *selfie* mostrando nuestra mejor expresión, y eso era suficiente para reiniciar un nuevo día.

Sin embargo, esa noche fue diferente. Ella se levantó nuevamente y hoy no la quise acompañar; preferí la comodidad de estar en medio de las sábanas para cuando regresara y hacerla sentir especial.

Un ruido estrepitoso y abrupto me obligó a levantarme rápidamente. Me dirigí al origen del sonido y al verla supe que algo estaba mal, terriblemente mal.

Me acerqué lentamente y no podía creer lo que presenciaba: su cuerpo en el suelo y un charco de sangre que brotaba de su cabeza. Me acerqué con cuidado mientras sollozaba e intentaba reanimarla. Inmediatamente después, fuertes golpes en la puerta, seguidos de la entrada de varios vecinos, quienes me apartaron bruscamente y trataron de auxiliarla.

Yo no alcanzaba a comprender qué estaba pasando realmente. En cierto modo creo que fue mi culpa por no acompañarla está ocasión, por no amarla lo suficiente, por…

La gente no se explica por qué ella se quitó la vida. La policía estaba en el lugar, acordonó el área y retiró el arma homicida.

¡No quiero alejarme de la mujer que amo y me obligan a hacerlo!

Con brusquedad me apartaron de su lado y yo quería seguir con ella sin separarme jamás. No serviría de nada que tratara de impedirlo, son demasiados y me hacen su prisionero.

Los forenses llegan y hacen el levantamiento del cadáver.

Yo, desde mi confinamiento, no puedo hacer nada, sólo ladrar, mover la cola y arañar la jaula donde me encerraron, en un inútil intento por tratar de escapar.

Juanito

Mi nombre es Juanito y la semana que viene cumpliré cuatro años. Este día mis papás no trabajaron y me fueron a comprar mis cosas para la fiesta: la piñata, los globos, muchos dulces y hasta apartamos el pastel de mi caricatura favorita. Mi mamá me dice que este año debe ser muy especial, pues dentro de poco llegará mi hermanito y él también me regalará algo.

No puedo dormir de la emoción, ya quiero regresar a la escuela y entregar la invitación a todos mis amigos. Esta noche, después de colorear el libro de dibujos que me compraron, mi papá me carga y me lleva a la cama. Entre sueños le digo que quiero dormir con ellos; me da un beso en la frente y me acomoda suavemente, tapándome con mi colcha favorita.

No sé cuánto tiempo dormí. Aún es de noche, pero me despertó el ruido de algo que se rompía. Escucho gritos y camino despacio para ver qué pasa. Veo a mi papá en el suelo con otro señor; se golpean varias veces y yo abro los ojos lo más grande que puedo. ¡Mi papi es muy fuerte y sé que ganará! El hombre malo toma uno de los trofeos de fútbol de papá y lo golpea en la cabeza. Quiero salir de mi escondite y ayudarlo, pero me detengo inmediatamente al ver que ese señor saca una pistola, le apunta a la cabeza a mi papá y le dispara. El ruido suena varias veces en mi mente, como si se repitiera mucho. Mi papi no se levanta y le sale sangre, que mancha la alfombra. Eso no le gustará a mamá porque es su alfombra favorita.

De repente alguien me jala fuerte del brazo y me tapa la boca. Era mi mami, que me dice que me esconda en el armario de mi habitación y que no salga. La obedezco y veo que el hombre malo con el arma en la mano corre en dirección a donde está mi mamá. Ella trata de escapar, pero la atrapa fácilmente. Se sube encima de ella y trata de besarla en la boca y, aparte, le está rompiendo la ropa. Su pijama, que era como la mía, ya no se podría arreglar. El hombre malo la está lastimando y yo quiero que ella sufra.

Mi mami llora mucho y no puede defenderse. Salgo de mi escondite, tomo una de mis pelotas y se la aviento al hombre malo para que la deje en paz. Él voltea y sólo empieza a reír; la deja a ella y trata de alcanzarme. Mi mami lo agarra del pie y lo muerde. Creo que eso enojó mucho a este señor porque le dio una patada en la cara y también le disparó en la cabeza. Yo no podía creer lo que estaba pasando. Mi mamita no se movía y también le salía sangre de la cara, como a mi papito.

El hombre malo me levanta de uno de mis brazos, lastimándome. Yo quiero que me suelte y le pego con mi otra mano libre, pero no sirve de nada. Quiero rasguñarle la cara, y cuando me levanta para cargarme le muerdo la mano. Me suelta de inmediato y me caigo, pegándome la cabeza. En el suelo veo cómo el hombre malo me apunta con su pistola. Me da mucho miedo eso, así que cierro los ojos, me tapo los oídos.

Creo que me desmayé por el miedo. Cuando desperté ya era de día. Yo estaba en el armario, escondido atrás de los juguetes. Caminé despacio, hablándome a mi mami y a mi papi, pero no me respondieron. Noté que mi cama era diferente, ahora tenía una colcha rosita, como si fuera de niña, pero lo más extraño fue ver a alguien que dormía en ella. Me acerqué lentamente y ella, al verme, gritó y me asusté. Yo corrí otra vez para esconderme en el armario. No entendía qué estaba pasando y por qué ella estaba en mi cama.

Mi pecho estaba muy agitado; no quería ni respirar para que no me oyeran. Me tapé la boca porque me dieron ganas de toser. Escuché unas voces y pasos que se dirigían a mi escondite. Traté de quedarme quieto. La puerta se abrió despacio y apareció una señora; buscó entre las cosas que había, pero no me vio, a pesar de que no me pude tapar con nada y yo sí la veía a ella.

—No, Jimena, aquí no hay nadie. Lo soñaste seguramente.

Me da miedo salir y paso aquí todo el día escondido. De seguro esa señora es la esposa del hombre malo. No me gusta.

A veces salgo por las noches, camino despacio y le hablo a mi papá y a mi mamá. Los busco donde los lastimó ese señor, pero no los encuentro. A veces quisiera preguntarle a la niña quién es ella y si sabe dónde están mis papás.

De día estoy inmóvil en mi escondite, esperando a que se haga de noche para buscarlos otra vez.

Me acuerdo de que una vez un señor vestido de negro abrió la puerta y empezó a decir las oraciones que yo decía con mi mamá antes de dormir. Luego me aventó agua y eso me dio mucho sueño. Creo que dormí varios días, pues al despertar ya no estaba la cama ni la niña; todo estaba vacío y la casa sin muebles, sólo había muchas cajas en la sala y varios señores cargaban muchas cosas, metiéndolas en un coche muy grande.

Ya no está aquí la familia del hombre malo, están otras personas, con dos niñas iguales más grandes que yo. Sigo buscando a mis papás y trato de pedir ayuda para encontrarlos. La gente no me hace caso y si me ven se asustan, se van antes de que les pueda preguntar si saben dónde están mis papás. Sólo quiero que alguien les diga que yo estoy aquí y que los estoy esperando escondido en el armario.

Llanto nocturno

El llanto del niño pequeño se escuchó sutil y suave, como si el menor hiciera un esfuerzo por no ser escuchado. Vamos, podría decirse que no quería molestar a nadie, mucho menos despertarles. Sin embargo, no fue así. Ella lo escuchó, y aún medio dormida empujó a su pareja, moviéndolo con cierta impaciencia.

—Otra vez el llanto del bebé. Te toca, yo ya fui las últimas dos ocasiones.

El hombre, de mala gana y refunfuñando, se levantó de la cama, tomó la botella ya preparada y se dirigió, bostezando, a atender ese llanto.

Entró a la siguiente habitación sin prender la luz, vació el contenido del recipiente en el lugar y regresó, aún adormilado, a la cama.

—Mañana te toca a ti, y le pides al sacerdote más agua bendita, que ya se acabó. Sigo pensando que lo mejor es mudarnos, no podemos hacer esto cada noche que escuchemos llorar a un niño que mataron aquí mismo hace más de 50 años.

Papá

—Llévame a la calle, de paseo, quiero que me tomen en cuenta y seguir siendo parte de la familia. Hijo, por lo que más quieras, no me ignores... hijo...

Al día siguiente:

—Llévame con alguno de tus hermanos para que los salude, ellos ya nunca vienen y los extraño. Entiendo que el trabajo y la familia demandan tiempo, pero… por lo menos un momento. El domingo podríamos vernos. ¿Hijo?

En la semana:

—No soy un inútil ni un estorbo, sé que los nietos crecieron y ya no son niños chiquitos para jugar con ellos a los caballitos, pero aún puedo aportar algo. Los veo y me ignoran completamente, es como si yo fuera un mueble y nada más.

Días después:

—No sabes cómo me duele esta indiferencia de todos. Hoy quise escribirte una carta y los dedos no me respondieron. Es increíble, no pude sujetar un simple bolígrafo. Tal vez todos tengan razón y es mejor que sea así. Me quedaré sentado, sin molestar a nadie, en la vieja silla mecedora. Ojalá alguno de ustedes me acompañe, aunque sea un ratito para estar conmigo. Te quiero, hijo, los amo a todos.

El anciano se encorvó un poco, como si quisiera dormir. Empezó el vaivén lento, con el rechinido típico de una mecedora antigua. Ya no tenía ganas de decir nada, sólo se mecía a un lado de la ventana de la sala.

—¿Papá? —su hijo lo llamó al escuchar el rechinido; quiso ir a su encuentro, pero su mujer se lo impidió.

—Ya hablamos de eso antes. Debes dejarlo, es lo mejor para tu padre y para ti; quédate junto a mí.

El hombre vaciló por un instante, pues su mujer no se rendía con su petición; lo sujetó con firmeza del brazo y lo acercó a su lado. Poco a poco el hombre cedió y abrazó a su esposa. El olor de su perfume lo cautivó, como la primera vez que la conoció. Sus bocas se juntaron en un apasionado beso, abrazándose con gran intensidad. Ella le acarició el rostro y le aseguró que todo estaría mejor.

Su marido se frotó los ojos con los dedos de la mano, tapándose la cara al tiempo que intentaba, inútilmente, ocultar su llanto.

—Lo extraño mucho, amor. Te juro que a veces lo escucho en la mecedora, donde le gustaba estar antes de que muriera.

Deseo cumplido

Los gritos de mis padres al pelear de nueva cuenta resonaban más allá de las paredes del departamento. En esta ocasión se mostraban más agresivos que todas las ocasiones anteriores. Ya no sólo era insultar, también buscaban dañarse, tratando de golpearse y aventándose cosas. Es demasiado, estoy cansada de eso. Ya quiero entrar a la escuela para no estar aquí; que me enseñen a leer, escribir y poderme ir a dónde sea, como sea, sólo quiero ya no vivir cada día con puras peleas.

Traté de escaparme en esta ocasión, salir, escabullirme, pero cuando pasé junto a la ventana, mi padrastro me empujó al tratar de esquivar un golpe de mamá. Fue algo muy rápido e inesperado, sólo sentí cómo resbalé y al siguiente instante volaba por los aires. Los cinco pisos del edificio se terminaron demasiado pronto. El golpe en el pavimento fue duro y devastador. Curiosamente, sólo me dolió un poco, por un instante breve, en la cabeza. Me levanté despacio y desconcertada, era... ¡era un milagro! ¡Nada me dolía, no me pasó nada!

Estaba feliz, hasta que la vi. Amablemente me extendió la mano y supe que era tiempo de partir. Mi deseo se cumplió, no como yo quería, pero al voltear la cabeza, y observar mi cráneo destrozado, entendí que ya no viviría esas peleas nunca más.

¿Karma?

Nunca conocí a mi madre. Murió el mismo día que nací. Ella estaba embarazada cuando un accidente la obligó a estar inconsciente en la cama de un hospital por varios meses, casi nueve, que fue curiosamente el tiempo de gestación. Es difícil crecer sin esta figura en la vida; observas a tus compañeros y te da tristeza notar lo afortunados que son los demás y que es una bendición que tú nunca tendrás. Esto se acentúa en festivales o fechas especiales. A mí padre nunca lo conocí, me dicen que huyó y nunca regresó por mí. Con los años a él lo odié con todo mi ser y mamá fue mi adoración, hasta este día que encontré un papel donde explicaba lo que ocurrió. Ella no me quería, me pensaba abortar. El día que acudiría a la clínica la asaltaron antes de llegar, quitándole el dinero que ocuparía y también la lastimaron mucho; de ahí la hospitalización. Quedó en estado vegetal y sólo esperaron los médicos que naciera yo para dejarla morir en paz. Hoy es tu cumpleaños y la dedicatoria es diferente en esta ocasión, mamá... ¡Púdrete dónde estás! Querías que yo muriera y fuiste tú a quien se llevó la muerte al final.

Espeleología

—Así es, mi amigo, fue interesante al principio y aterrador al final. Empezó con una salida de la escuela a una de las cuevas por explorar, como parte de un proyecto. El profesor nos organizó para acudir un viernes en la tarde, ya casi de noche, con previo permiso de la escuela y las responsivas de los padres de familia, ya sabes, el documento por escrito para que cada uno de nosotros pudiera acudir. Fuimos 25 del salón, con lámparas, pantalón de mezclilla y ropa que se pudiera ensuciar. La idea era meternos a la gruta, adentrarnos en ella hasta que fuera posible el acceso arrastrándose, como si estuviéramos en combate; pecho tierra y avanzando por un espacio limitado, dónde sólo cabía una persona arrastrándose lentamente. En el grupo ingresamos al lugar de tres en tres. Había un profesor en la entrada y otro en la salida de la caverna. Yo fui el último e iba solo por ya no tener un equipo, ya sabes, tres por ocho 24 y éramos 25. Entré, pues, y estaba nervioso de hacer eso, pero no permitiría que los demás notarán que tenía miedo, menos cuando las chicas habían terminado con éxito el trayecto, incluso las fresas y payasas del salón. Todo muy bien hasta el momento de avanzar en cuclillas, después fue forzoso arrastrarme para continuar. Por un momento me puse nervioso, me impactó la idea de atorarme, llegar a un callejón sin salida y ser incapaz de regresar. Me empezaron a sudar las manos y sentí por un instante que me faltaba el aire. El pánico hacía presa de mí. Consideré gritar para pedir ayuda, pero no quería que me tacharan de cobarde; no, no lo haría. Intenté tranquilizarme y avanzar, aunque fuera lento. Lo estaba logrando. Conforme seguía, pude distinguir la salida. Ahí estaba, a pocos metros de mí. De ser posible me hubiese incorporado y en pocos pasos estaría libre. Pero no, el reducido espacio me obligaba a seguirme arrastrando. Ya casi ahí, la vi; prácticamente ya estaba a punto de sacar los brazos y sentir cómo alguien me jalaría para salir... pero no, el destino estaba marcado de manera trágica. Hubo un temblor ese día, en ese momento, y a esa hora exactamente, con una sacudida en el lugar, lo suficientemente fuerte para que la entrada se cubriera de piedras y arena. Me cubrí la cabeza y cerré los ojos por mucho tiempo, para mí, pues sentí que fue demasiado. Sentía cómo la tierra me hacía su presa, estaba adentro de una montaña y prácticamente me estaba sepultando vivo el planeta. Traté de gritar, pero tierra en demasía me llenó la boca. Moverme tampoco fue posible, pues estaba atorado y lleno de todo lo que me cayó, tan sólo una parte de la cara estaba en descubierto. Ni los pies, las manos o ninguna parte del cuerpo podía liberar; ahí fue cuando me ganó la desesperación y empecé a gritar. Eso no ayudó en nada. Sentí otra violenta sacudida y esa terminó de cubrirme completamente... Fue feo, realmente sí. No es una muerte agradable... Estás solo, sin nada que hacer y sientes cómo la vida te abandona muy lentamente...

—¿Por qué... por qué me cuentas todo eso? ¿Qué quieres de mí... Acaso yo...?

—¡Mi amigo, sólo compartí contigo la experiencia! Realmente me sorprendió mucho que después de tantos años volvieran a permitir esta actividad en este lugar. Y sí, así será, pero en verdad es bueno, para mí por lo menos, ya me hacía falta un compañero.

Después de eso se sintió un temblor en la zona, sepultando al joven estudiante que se encontraba ahora en una situación similar a la de otra visita escolar.

Sepelio de pueblo

En los pueblos es normal que cuando alguien muere se haga algo así como una fiesta; no, no es falta de respeto, lo digo por todo lo que conlleva esto: música, cohetes, banda, procesión de la casa del difunto al panteón, caminando todos, y dar mucha comida con bebida en su honor.

A veces pasa que se juntan dos muertos el mismo día y pues a trabajar de más los sepultureros; ahora sí que el que se fue primero tiene prioridad y el otro se tendrá que esperar un rato, en lo que el padre termina de dar la misa y el último adiós al primer difuntito.

Eso pasó ayer. Se juntaron dos y llegaron casi al mismo tiempo. La procesión del primero se tardó más por esperar a la familia, que venía del otro lado. Nomás no llegaban y de ahí el atraso.

Estábamos en eso, con las familias de ambos muertos en espera de ser enterrados. Mucha gente, bastante familia, y con la hora de cerrar el centenario ya en poco tiempo. A nadie le gusta estar de noche entre los muertos, pero pues ya estábamos aquí y, además, éramos muchos. Entre todos nos acompañábamos y ni modo que pasara algo, o eso creíamos, pues, pero paso.

Uno de los chamacos, nieto del primer difunto, estaba de mirón entre las tumbas. Pasaba sobre ellas, a pesar de que se le dijo que caminara al lado, y parecía que traía chinches en la cola. ¡No se apaciguaba ni estaba en paz por dos segundos! De repente dejó de estar de alborotado y eso nos extrañó a todos, de por sí desde chico era travieso y no le paraban ni la boca ni las ganas de molestar a los demás.

Fuimos a buscarlo y estaba en una de las esquinas del panteón; ya había anochecido para ese entonces. Estaba de pie, mirando fijamente una tumba y como que estiraba la mano. Yo le hablé para decirle que se quitara de ahí y que regresara con los demás. No me hizo caso y siguió ahí parado, como embobado. Mi compadre que me acompañó se sacó su cinturón para darle una pela por no obedecer, pero antes de darle el primero, lo que dijo el escuincle nos sacó de a seis.

—Dice la señora que está ahí parada que tiene frío y se quiere ir, que le dé la mano para ayudarle a caminar.

¡A su máquina! Mi compadre y yo nos quedamos viendo. Ahí no había nada. Le dije al chamaco que dejara de jugar y que nos fuéramos. No hacía caso, estaba como ido, ni nos miraba y seguía parado ahí mismo, con la boca abierta y sin dejar de mirar para esa tumba.

—¡No, ni madres! Dile a la señora que ya fue, ¡y deja de extender la mano, que te va a cargar la chingada!

Tratamos de bajar su brazo, pero estaba rígido, como si fuera de piedra. Le dije a mí compa que se quedará con el chico un momento en lo que traía al padre. No quiso, me dijo que fuera al revés y pues yo tampoco quise. Entre los dos le gritamos al sacerdote y por nuestro escándalo llegó hasta donde estábamos.

El escuincle seguía con el brazo estirado y ahora hablaba como en otro idioma y ya estaba avanzando para ir donde la tumba.

El padre empezó a gritar en latín y a arrojar agua bendita a la tumba y al chico. Una de sus tías le dio una cachetada con ganas para que reaccionara. Esto lo sacó del estado en que se encontraba y se lo llevaron a la iglesia. Ya no supe qué siguió después.

Con mi compa fui por unas caguamas pal susto a la tienda de don Melitón; teníamos que curarnos el espanto y esa era la mejor manera de realizarlo.

Pequeña inquieta juguetona

Me escondí detrás de la cortina y mi mamá no me encuentra. Pasa junto a mí y no me ve. Me tapo la boca para que no escuche cómo me rio. ¡Soy muy buena para las escondidas! Cuando va a la cocina aprovecho y me meto bajo su cama, ahí tampoco me encontrará. Me meto con cuidado, la espero y, cuando me doy cuenta de que ya se acostó, empujo mis pies como si quisiera levantar el colchón. Después de eso me voy al fondo, volteo la cara a la pared y cierro los ojos; ya descubrí que si hago eso me vuelvo invisible y tampoco me ve. Escucho cómo se asoma bajo la cama y después se levanta. Rio otra vez, tapándome la boca para no ser escuchada. Me quedo así un rato, sin moverme ni hacer ningún otro sonido. Me arrastro despacio y salgo de ese escondite. Mamá duerme, ¡no puedo creer qué rápido se rindió y que no me encontró! ¡El ropero! Ahí es donde ahora me esconderé. Cuando lo abra para buscar qué se pondrá para ir a trabajar le daré un gran grito y la asustaré.

La mujer en su cama despierta al escuchar un suave rechinido del ropero. Despacio, lento, como si alguien no quisiera ser percibido. No se levanta, mucho menos intenta prender la luz para ver. No es la primera ocasión que en medio de la noche algo así la despierta de golpe.

Se incorpora y observa el lugar de donde proviene ese ruido. Busca en su teléfono la imagen guardada, esa que mira un millar de veces desde la mañana.

—Mi amor, mi bello angelito. Ya descansa y deja de jugar, ve con la abuela, ella te cuidará. Te prometo, corazón, que mañana te llevo flores y un juguete nuevo al panteón.

Plan casi perfecto

Cuando se tiene dinero, muchas cosas se hacen simplemente por diversión, por matar el tiempo o, sencillamente, porque se puede y se quiere.

Me casé hace pocos años con mi encantadora esposa, una mujer bella y acostumbrada desde siempre a la opulencia. Su padre sospechó de mí o tal vez era que nunca le caí bien por eso de las clases sociales. El todopoderoso señor nadaba en millones y tenía a su hijita ya apartada para unirse en el sagrado matrimonio con el hijo de alguno de sus socios. Típica y clásica historia de los grandes magnates.

Conocí a Melani en la escuela. Ella era parte de una prestigiosa universidad y yo accedí a la misma por superioridad intelectual. Ella desde niña acudió a los mejores colegios. Yo, en cambio, por ser destacado, competí en muchos concursos, demasiados, ganando la mayoría de ellos: oratoria, matemáticas, ciencias, proyectos ambientales, ensayos literarios, etcétera.

Para la universidad, yo era una excelente oportunidad para presumirme como uno de sus trofeos, un destacado egresado que se formó gracias a ellos. Ahí la conocí. Ella al principio era pedante, pero con el tiempo y el trato notó que no era tan desagradable. Nos enamoramos, llevamos a feliz término nuestra relación y, a final de cuentas, papito suegro "nos dio su bendición". El hombre enviudó al nacer Melani y su hija era su adoración. Muy a su pesar, y con toda inconformidad, aceptó de mala gana nuestra unión.

Yo pasé de ser el novio pobre y aprovechado a ser parte de los negocios y la estructura del imperio que mi suegro, desde hace años, dominaba con su don de mando.

Mi esposa me involucraba cada vez más, haciéndome partícipe de las negociaciones y también de varias acciones. Con el tiempo entendí la dinámica de la empresa, así como la manera en la cual conducirme dentro de ese mundo netamente material.

En estos casos, al tener que estar siempre al pendiente del negocio, nuestros tiempos y agendas no coincidían. Si bien tenía una parte que atendía, los acuerdos fuertes los concluían ella y su padre. Muchas veces los dos tuvieron viajes dentro y fuera del país; sabía que su padre quería que ella dirigiera su imperio. De ahí que la preparaba, aconsejaba, entrenaba y cada vez la involucraba más y más en todas sus actividades. Esto ocasionó entre nosotros un distanciamiento. Sin hijos y siempre quedándome yo en el área local, empecé a buscar otras maneras de pasar el tiempo. Realmente fue casual, yo no lo busqué, no conscientemente por lo menos. Simplemente se dio de esa manera.

Aurora era la prima con la que mejor se llevaba mi mujer, y era común que se presentara en la casa con toda la confianza.

Muchas veces mi esposa la dejaba plantada por extenderse sus reuniones y poco a poco, en esas charlas y momentos para hacerle compañía, nos empezamos a... entender mejor. Al principio los dos solamente jugábamos, con juegos de palabras y algunas insinuaciones que no pasaban a mayores.

Sin percatarnos en qué momento, nos empezamos a buscar cada vez más: llamadas telefónicas, encuentros casuales en el club o visitas inesperadas en nuestras casas.

Esto naturalmente llegó a oídos de mí mujer, cosa que se negó a creer por los lazos de sangre y la confianza que entre ellas dos había. Al encararme y preguntarme de frente qué es lo que ocurría, yo lo negué, acusándola de tener celos infundados, resaltando el hecho de que en muchas de esas ocasiones ella le pedía que acudiera y simplemente no llegaba. ¿La corría de la casa entonces? ¿No debía atenderla en esas visitas?

La discusión terminó en esa ocasión, no del todo convencida Melani, pero a final de cuentas acepto qué mucha de su culpa si había.

Aurora y yo empezamos a ser más cuidadosos, discretos... o por lo menos lo intentamos. El deseo y pasión eran demasiado; nos perdimos uno con el otro en cada encuentro. Era algo que no podíamos evitar. Nuestros cuerpos se necesitaban, nuestras bocas parecían tener vida propia y en cada encuentro sucumbíamos de nuevo.

Ninguno de los dos quería terminar lo que teníamos, pero sabíamos de las consecuencias de seguir con lo mismo. Por muy doloroso que fuera, teníamos que terminar. Ella abandonaría el país; ya había dejado todo preparado, incluyendo una nota donde decía que respetaran su decisión y silencio, que era algo que tenía que hacer, lejos de aquí, para encontrarse a sí misma y dar un nuevo giro a su vida.

Todos: socios, familia, conocidos... todos sabían lo que hacíamos. Era algo imposible de ocultar. Incluso nos llegaron a tomar algunas fotografías saliendo de algún motel... En fin, esta era la despedida, sólo quedaba este último encuentro entre los dos, que tendría que ser memorable e inolvidable.

Alquilamos, entonces, una cabaña en otro estado, un lugar alejado y rústico, sin las comodidades ni lujos a los que estábamos acostumbrados. Teléfono o señal de internet tampoco se tenía. Era el lugar perfecto para nosotros para esta despedida, nuestro adiós, el fin y el perder a esta maravillosa mujer.

Nos acomodamos uno frente al otro al calor de la chimenea del lugar. Era un ambiente romántico que debería marcar el inicio de algo más, no su punto final. Nos besamos de nueva cuenta, con deseo, fuerza y gran intensidad. Sabíamos lo que seguiría, los dos lo deseábamos y no lo queríamos evitar.

Antes de eso, en medio de esos besos, mi esposa irrumpió en el lugar. Estaba hecha una furia; grito, amenazó y se fue contra nosotros para intentar mitigar ese dolor por la traición.

Aurora y yo, al principio, tardamos en reaccionar. No teníamos idea de que sabía dónde nos encontrábamos; originalmente ella atendía una encomienda de su padre en otro estado muy lejano.

Amabas mujeres se enfrascaron en una lucha sin cuartel: se golpeaban y jalaban los cabellos, dañándose lo más posible.

Entre los gritos y maldiciones, Melani amenazó con quitarme todo y dejarme en la calle. El acuerdo prenupcial señalaba que, ante una infidelidad, en el divorcio no me correspondía nada.

La buena vida, los viajes, la riqueza, el poder... Todo se perdería en un instante por esa entrometida mujer. Participé entonces en la batalla y con mis propias manos a mi esposa estrangulé. En un principio Aurora pensó que lo hacía para defenderla, pero se asustó cuando notó que no cesé de apretar hasta que estuve seguro de que mi esposa dejó de respirar. Los dedos marcados en su cuello, las marcas en la piel, eran testigos de la atrocidad que acababa de cometer.

Aurora quiso huir ante esta escena. Antes de poder salir de la cabaña la alcancé y la jalé de la mano izquierda. Ella se tapaba el rostro, lloraba y decía que no me quería ver. Una cosa era que se acostara con el esposo de su prima y otra que estuviera de acuerdo con que la hubiese matado.

Yo bajé la mirada, avergonzado. Empecé a sollozar por esto que había pasado. El lamento fue muy, muy lastimero, tanto que Aurora sintió algo dentro de sí y tiernamente me abrazó. Supongo que era lo apropiado, ambos acabábamos de perder a un ser querido y era comprensible que quisiéramos tratar de consolarnos. Yo también la abracé, la rodeé con mis brazos y le pedí que cerráramos por un instante los ojos para decir una plegaria por Melani; era lo menos que podíamos hacer antes de asumir las consecuencias y seguir con lo que la justicia determinaría.

Aurora se arrodilló entonces y nuevamente empezó a llorar ahí, a pocos centímetros de Melisa. Fue en ese momento que me decidí y aproveché. La sujeté de espaldas por el cuello y apreté fuertemente otra vez. Aurora se dio cuenta de lo que pretendía, pero estaba de espaldas a mí, arrodillada y totalmente indefensa. Trató de zafarse, luchar o intentar algo por su vida. Esfuerzos inútiles que pronto dejaron de ser una molestia. No pasó mucho tiempo para que ella también dejara de respirar.

Ahí estaban ahora las dos: mi mujer y mi amante, que amenazaron con acabar con esta privilegiada posición.

Hice lo que tenía que hacer. Realmente lamentable, pero inevitable. Destruí en el acto sus dispositivos, pues era primordial que no los pudieran rastrear. Después enterré los cuerpos en medio de esa zona boscosa, separados, desmembrados. Algunas partes las arrojé, atadas a rocas, en medio del lago.

La cabaña fue pérdida total. Un lamentable incendio acabó con el lugar, así como con otras partes del bosque, pero eso no era lo importante. Lo primordial era no dejar cabos sueltos, eliminar toda evidencia y salir lo antes posible de ahí para tener una buena coartada.

Melani no dijo a nadie de sus planes, nadie sabía lo que pretendía. Ignoraba todo el mundo que nos fue a buscar. Aurora, con su misiva de despedida, dejó en claro que se alejaba y que no quería ser molestada; ella contactaría, ella, al sentir que era el momento, establecería comunicación con la familia.

Mi suegro movió cielo, mar y tierra para tratar de encontrar a su hija, buscando inicialmente en el lugar al que se suponía que acudiría. Nunca la encontró, jamás se supo de su paradero. Él sospechaba de mí y por varios meses noté que había personas que me seguían. Finalmente, no logró nada. Yo era el viudo devastado y desconsolado por la tragedia.

Ni las visitas con el procurador de la nación, senadores ni demás funcionarios o empresarios poderosos lograron dar con el paradero de Melani. Aurora después sería otra preocupación, cuando pasara más tiempo y no se supiera nada de ella.

Yo, en mi papel, acudía cada semana al mausoleo familiar para dejar dos rosas en la tumba vacía de Melani, una impresionante arquitectura ordenada por su padre cuando al final se convenció de que su hija ya nunca regresaría.

Al final logré mi propósito: ser el dueño de un gran imperio. Ahora sólo basta esperar a que muera el viejo para ser el dueño de todo. Eso no importa realmente, puedo ser paciente; actuar de otra manera me dejaría expuesto. Sólo resta esperar y seguir acudiendo cada semana a este lugar para hacer notar a todos lo mucho que me duele la perdida de mi mujer.

Así los planes del hombre, así sus pensamientos más profundos e íntimos. Se esforzaba por no sonreír mientras depositaba dos rosas rojas en ese lugar que no contenía los restos de ningún mortal. De haberlo notado, de poderlo sentir, no esbozaría ningún rastro de alegría. Melani y Aurora, de pie atrás de él, lo observaban con inmenso odio y deseos de venganza, algo que, en su calidad de almas en pena, harían con gran saña.

Advertencia tardía

Me despierto algo intranquilo por la sensación tan extraña que acabo de sentir. Veo el reloj y son casi las tres de la madrugada. Tomo un poco de agua, voy al baño y ya ahí me refresco un poco la cara. Me observo en el espejo durante algunos segundos. Creo que me pareció ver una mueca de burla en el reflejo; pongo más atención y después de unos instantes me digo a mí mismo que es una mala broma de la mente por no estar del todo despierto. Regreso a la habitación, me acuesto y me tapo para dormir otro poco. Ya dentro de pocas horas tengo que ir a trabajar.

No puedo, se me quitó el sueño; por más que trato, es inútil. Tomo entonces una libreta para anotar lo soñado que me despertó súbitamente. Fue extraño, muy real y... no, sólo es eso, una pesadilla derivada de cenar pesado:

Estábamos en una fiesta grande, con diferentes niveles, como si se tratara de un gran cono que tenía diversas secciones. En una de ellas vi al tío Ramiro, quien bailaba de esa manera tan peculiar que le caracterizaba, sólo que en ese momento no recordé que él falleció hace algunos años. En mi mente dudaba, pues yo recordaba que ya no estaba, pero al verlo ahí no estaba seguro de si estaba en lo correcto. Después vi que llegó su hermano, el tío Nicolás, con mis primos y su esposa. Otra vez la duda: ¿que no estaban divorciados ellos? Tal vez regresaron y se están dando otra oportunidad, en fin. Un gran baile, comida, bebida y mucha familia y amigos que tenía años de no ver. Fui entonces a donde mi hermano, que estaba sentado en una mesa, solo. Supongo los demás estarían en alguna de las pistas. Me senté para hacerle compañía. Fue curioso que, a pesar de la música, lo escuchara perfectamente, sin necesidad de gritar ni nada de eso.

—Entonces, que te vas a morir.

—Todos nos vamos a morir algún día.

Él bajó la mirada por un instante, parecía que hacía memoria de algo o que ordenaba sus pensamientos. Después de eso se incorporó y empezó a llorar, no a gritos, ni lamentos, simplemente parecía magdalena. El llanto le cubría el rostro mientras me observaba con infinita tristeza.

—¿En verdad te tienes que ir tan pronto? ¿Ya es el adiós?

Traté de cambiar de lugar para estar a su lado; quería que me dijera de qué se trataba lo que me decía, pero se movió una silla más lejos cuando lo intenté. Busqué, entonces, darle una palmada y retrocedió velozmente. Quería tranquilizarlo, calmarlo, que me dijera a qué se refería, pero sólo lloraba y repetía lo mismo.

—¿En verdad ya no te veré otra vez? ¿Por qué, hermano?

Ahora que lo pienso, él se veía como 20 años más joven. Jamás vi que llorara de esa manera antes. Justo en eso fue que me desperté para después ver la hora, ir al baño y todo lo demás.

Pensé en mandarle un mensaje para ver si estaba bien o si necesitaba algo. Pero no, qué imprudencia de mi parte el despertarlo en la madrugada por un sueño estúpido.

Repasé en la mente las actividades del día: viajaba esa tarde por cuestiones de trabajo. ¿No sería esto una advertencia de que pospusiera el vuelo? Esperé a que llegara el amanecer, pues estaba impaciente por hablar con mi hermano y que me diera su opinión.

Timbró un par de veces su teléfono y no respondió; los mensajes aún no los veía. Bueno, es temprano realmente, tal vez hoy él no trabaje o simplemente debo darle más tiempo.

Me preparé entonces y fui a la oficina. Estaba algo nervioso, ya que por lo general siempre responde rápido mis llamadas o mensajes. Estoy aún a tiempo de cambiar el vuelo, no es que crea que eso es una señal o algo, pero... sólo... ¡El teléfono! El indicador me dice que ya me está regresando la llamada, ¡carajo, cómo se hizo esperar en esta ocasión!

Contesto y, antes de que diga nada, escucho lo que me dicen del otro lado de la línea.

—¿Señor Armenta? Nos comunicamos con usted por ser el primer número registrado en este teléfono. Por favor, tiene que acudir a las instalaciones de la procuraduría lo antes posible, me temo que en la madrugada su hermano sufrió un atentado y fue asesinado.

Ellos deben descansar, ¡nunca jamás los debes importunar!

No es fácil ser el nuevo en la escuela, mucho menos si de entrada ya te traen de bajada.

Inicié el último año de la preparatoria en una nueva institución. Por todo esto que afecta a todo el mundo —literal— cambiamos de domicilio. Mis padres perdieron su trabajo y tuvimos que emigrar a otro estado. Donde llegamos a vivir no se comparaba con el otro lugar, pero no había de otra, esto era lo único y todos nos teníamos que adaptar.

Combinaba la escuela con trabajo también, pues iba a un taller mecánico en las mañanas y por la tarde a la prepa. El dinero mucha falta hacía en casa y, ya que soy el hijo mayor, tengo que apoyar.

En la chamba bien, aprendiendo rápido y echándole muchas ganas, en la escuela... me atrasaba con algunas clases y creí buena idea pedir a alguien sus apuntes y que me explicara algunos temas cualquiera de mis compañeros. Los observé a detalle y noté que Alejandra era la mejor: inteligente, amable y siempre dispuesta a ayudar. Me acerqué, entonces, y muy amablemente me apoyó. Acordamos que el siguiente sábado la vería en su casa para preparar los exámenes del primer parcial. Todo sonaba bien y, aparentemente, no tendría ninguna complicación. Lo que ignoraba es que tenía novio y éste era un verdadero bravucón.

Me empezó a amedrentar por la idea absurda de que le quería bajar a su novia. Le aseguré que no era de esa manera, y, como era de esperar, aseguró que le mentía. Fue ahí que empezaron las golpizas. Me esperaba después de clases y con su banda me daba golpes y patadas. Yo no sabía qué hacer. Todos, menos Alejandra, sabían lo que pasaba. Los demás, por miedo, no se metían ni me hablaban. Sabían lo violento que era este sujeto.

En mi desesperación busqué a una banda rival, un grupo de chavos de otra escuela que ya se habían peleado en otras ocasiones con los de mi preparatoria.

Fue difícil el contacto, pues ellos no confiaban en mis palabras y pensaban que lo que pretendía era tenderles una trampa. Ofrecí pagar por protección. Lo único que quería era que ese sujeto me dejara de molestar; ya ni siquiera me importaba sacar buenas calificaciones o aprender algo, sólo evitar otra golpiza más.

El líder de esta banda, el chacal, que así le llamaban, dijo que lo haría, siempre y cuando pasara una prueba que ellos me tenían.

—Te vemos mañana a la media noche en la entrada del viejo panteón. Si no llegas, o si alguien más te acompaña, nosotros te daremos una buena friega cada día de escuela.

Moví la cabeza en señal de afirmación. Esto me lo dijo mientras la punta de su navaja rozaba mi cara. No lo podía creer, ahora estaba peor que cuando empecé. Antes sólo me golpeaban y ahora otros patanes también me intimidaban.

Acudí, pues, a la cita; puntual en el lugar. Esperé un par de minutos y el chacal con su banda no llegaban. Pensé en retirarme lo antes posible, igual y esa era la prueba, que estuviera esperando toda la noche hasta que aparecieran. 20 minutos, ya es más que suficiente, yo me voy de aquí.

Apenas había dado la vuelta a la calle cuando los vi. Estaban todos ellos riendo, aventándose y alcoholizados.

—¿Ya te retiras, carnal? Eso es malo para tu salud.

—No, claro que no, sólo estaba estirando las piernas.

—Vas, entonces sáltate la barda y métete al panteón.

En el estado en el que se encontraban no era conveniente contradecirlos en nada. Me apoyé en una de las piedras y con relativa facilidad invadí la propiedad.

Ellos ingresaron atrás de mí. Me empujaron para adentrarnos en medio de la noche en ese camposanto. El miedo me invadía, pero trataba de no demostrarlo. Ellos, en silencio, seguían muy de cerca mis pasos.

Finalmente llegamos hasta una zona que olía terriblemente mal, como a animales muertos, y, a pesar del frío y la hora, había muchas moscas que nos rodeaban. Yo observé al chacal en espera de que lo que me dijera que tenía que hacer no fuera muy macabro. Igual y quería ver si podría permanecer ahí sin gritar o parecer asustado.

—¿Quieres protección? Demuestra que lo vales, niño. Aparte de la lana debes mostrar que no perderé mi tiempo con alguien que no vale la pena.

—Sí, claro. ¿Qué tengo que hacer?

El chacal tomó un nuevo sorbo de su cerveza, prendió un cigarro y señaló la fosa que estaba a nuestro lado.

—Vas a traerme el cráneo de uno de esos muertos. Quiero que lo quites ahora de su cuerpo y lo lleves en tu mochila un día entero. Si no lo haces, yo mismo te empujaré con un piquete para que quedes aquí mismo con todos estos muertos.

No podía creer lo que me estaba pidiendo. Esto era más que vandalismo, esto, esto... era profanación; era, era... algo muy malo, no sólo por si alguien nos atrapaba profanando el lugar, también por meternos con los difuntos. No, no lo haría, no creo que fuera capaz de matarme por una tontería. Estaba a punto de decirle eso cuando vi que todos ellos, el chacal y su banda, algo se inyectaban. Después de eso, como locos se pusieron a gritar y se aventaron a la fosa. Hacían todo tipo de tonterías: golpeaban cadáveres, se orinaron en ellos y uno de los más enfermos realizó un acto de necrofilia ahí mismo. Esto era mucho más de lo que yo podía soportar. Empecé a caminar despacio para alejarme lentamente. Eso no era normal; tenía que escabullirme antes de que se pusiera peor.

Lamentablemente, pisé una rama seca y eso me delató. Rápidamente el chacal y los demás se abalanzaron contra mí. Yo levanté las manos inmediatamente, intentando convencerlos de que no pretendía huir.

—Yo sólo buscaba algo que me ayudara a quitar esa cabeza, una pala, un pico o algo así.

—Dale unas buenas patadas, estos son cadáveres putrefactos que llevan aquí mucho tiempo.

Regresé entonces, con ellos atrás. Palpé a esos muertos, tratando de ubicar a uno que me facilitará el terrible acto que estaba por cometer. No tenía ninguna escapatoria, ellos me observaban y estaban atentos a que realmente lo realizará.

El olor, la sensación y el contacto era desagradable y aterrador. Estaba en la madrugada en un panteón, a punto de robar a un muerto una parte de su cuerpo. Finalmente lo encontré: una cabeza que ya estaba prácticamente desprendida. Tan sólo jalé un par de veces con fuerza y ésta se desprendió.

Una ráfaga de aire se sintió de repente en el lugar, seguido del aullar de muchos perros que ladraron por varios minutos sin parar. «Perdóname por favor, te juro por lo más sagrado que no quiero esto. Te prometo que, si sigo con vida, regresaré y te la devolveré», mentalmente intenté disculparme con el difunto por esta barbaridad que acababa de hacer.

Sin quererlos mirar a la cara le mostré al chacal la calaca. Él y su banda se pusieron a gritar como enajenados, celebrando eso que había realizado.

—Bien, chaval, lo hiciste. Ya estaba preparado para darte con la navaja unos piquetes. Ahora lárgate y lleva esa cosa contigo en tu mochila, aquí te vemos mañana a esta misma hora.

Me fui sin decir palabra. En las manos sujetaba ese cráneo. No lo quería mirar, mucho menos pensar en lo que acababa de pasar.

El camino a casa fue tormentoso; sentía que varias sombras me seguían e incluso me pareció escuchar algunos lamentos.

Al llegar a donde dormía, metí rápidamente esa cabeza en la mochila. Por todo lo ocurrido no quise dormir; estaba seguro de que tendría pesadillas y muy seguramente el fantasma de esta persona en sueños me reclamaría.

Toda esa noche la pasé en vela, escuchando ruidos extraños y sintiéndome siempre observado. Fue un alivio apreciar el amanecer. Tomé la mochila y fui temprano al taller. Traté de distraerme en el trabajo.

No quería pensar en la noche anterior, pero estaba muy nervioso y no me concentraba en mi labor. El colmo fue que no engrasé bien un motor; el rechinido del mismo le indicó al patrón esa equivocación. Me gritó y regañó fuertemente, corriéndome del lugar. Yo ni siquiera me defendí. Salí con la mochila y fui directamente a la escuela. Al llegar aún estaban los de la mañana, así que me quedé en las canchas hasta que fuera la hora de entrada de mi turno.

El novio de Alejandra y su banda me quisieron molestar al verme, pero algo en mi semblante, o qué sé yo, hizo que sólo me dieran un empujón. Se alejaron sin más, diciendo que era un pobre diablo infeliz que no valía su tiempo.

En las clases también estaba ausente, abrazaba la mochila y no la perdía de vista. No quería que alguien jugara una mala pasada y me la fuera a esconder; cualquier otro día estaría bien, pero hoy no.

Al terminar la última hora no quise ir a casa. Fui al panteón para ver si podía terminar ya con todo esto. Obviamente no entré, sino que me quedé esperando afuera, sentado en la banqueta a que fuera la medianoche para ver de nuevo al chacal. Lo único que hice fue esperar, rezar y comprar en la tienda un par de veladoras para esa noche en la fosa dejar.

Vi entonces que a un lado del panteón estaba una capilla de un santo hombre de fe. No supe a quién se dedicó esa construcción, pues el nombre no se distinguía y nunca antes había entrado a ese lugar. Tomé una botella de medio litro vacía y la llené con agua bendita. Me senté en una de las bancas del templo, esperando que llegara el sacerdote para confesarle mi terrible secreto. Eso nunca ocurrió.

Cerca de las nueve de la noche, una anciana me dijo que ya tenían que cerrar, que abandonara el lugar. Me rasqué la cabeza y salí sin decir palabra. Toqué la mochila para asegurar que no me faltara nada: el cráneo, la botella con agua bendita y las veladoras. Todo estaba ahí.

En la noche, solo en esa calle, esperé el final de ese día. Esta ocasión, el chacal y su banda se tardaban más; ya faltaba un cuarto de hora para la una de la madrugada y ellos no llegaban. El viento empezó a soplar y fue ahí que decidí que no los esperaría un segundo más.

Salté la barda y me dirigí con cuidado al lugar. Esta vez estaba solo y fue peor la sensación. De reojo me parecía notar siluetas que se movían, que me seguían... A lo lejos, en voz baja, ciertos lamentos… No, esto era demasiado para que fueran sólo mis nervios. Lo mejor sería irme ya y regresar cuando fuera de día. ¿Y si estaba por aquí escondido el chacal? Ese sería el pretexto perfecto para cumplir su amenaza. Seguí con cuidado y llegué hasta la fosa. A tientas recorrí de nueva cuenta los cuerpos hasta ubicar a aquel a quien despojé de su cráneo la noche anterior, que este día estuve paseando. Lo saqué con cuidado y lo coloqué en su lugar, tratando de que quedara bien acomodado, rezando en todo momento y disculpándome por lo que había hecho.

Una vez que lo dejé lo mejor colocado posible, aventé el agua bendita en él y en todos los demás, pidiendo misericordia para sus almas y también para la mía. Deseaba de corazón que todos ellos descansaran en paz y que nunca más ningún otro irrespetuoso los viniera a molestar.

Busqué un lugar donde no pudiera quemar nada y coloqué las veladoras; las prendí con unos cerillos que llevaba y recité una última plegaria por todas esas almas. Al terminar, una poderosa sensación me obligó a girarme. No me quería voltear, mucho menos mirar. Estaba seguro de que algo estaba ahí, que lo vería y muy seguramente, en medio de todos estos muertos, me desmayaría.

Lo que observé me horrorizó y, al mismo tiempo, me entristeció. Ahí estaba el chacal con toda su banda. Todos tenían unas expresiones horribles en sus caras. Parecía que habían muerto de miedo, aterrados... Posiblemente desde la última vez que nos miramos. Todos tenían los ojos abiertos y desorbitados, estaban pálidos, arañados y algunos de ellos hasta mutilados.

Pedí a la misericordia divina que me protegiera y me permitiera salir con bien de ese lugar. Pedí perdón de nueva cuenta a todos ellos y les juré por mi madre que nunca fue mi intención hacerlo.

No pasó nada, no escuché a nadie. Caminé despacio y salí del panteón sin ningún sobresalto. Al llegar a la casa me desvanecí, no sé si por el cansancio, la desvelada de la noche anterior o la impresión.

Pero a la mañana siguiente que desperté me sentía bien, mucho mejor, pero me jure a mí mismo que nunca jamás volvería a hacer lo mismo de aquella ocasión.

En el hospital con mi padre

La última vez que papá estuvo internado en el hospital, me tocó cuidarlo algunas ocasiones. Nos organizamos con mis hermanos y me tocó en la noche acompañarlo. Fue algo de la casualidad, pues todos teníamos trabajo que cumplir y alguien lo tenía que hacer. En una de esas veces, después de un largo y agotador día de trabajo, no me dio tiempo de ir a casa. De la oficina me trasladé al hospital, preparado para pasar ahí la noche hasta la siguiente mañana que apareciera mi reemplazo.

Papá se encontraba mejor, al parecer sólo esperaban unos últimos estudios que confirmaran que estaba listo para volver a casa. En esa ocasión yo me sentía en verdad agotado. Platicábamos para pasar el rato y sin darme cuenta me ganó el sueño. Papá no dijo nada; supongo que entendió mi sentir y agotamiento.

Cuando desperté ya estaba todo en silencio, las luces apagadas y todos los pacientes reposando. El dolor del cuello me obligó a intentar moverme; dormí mal acomodado y quise sobarme para aliviar la sensación. Aún no despertaba del todo cuando me pareció ver que el paciente de junto tenía visitas, de momento no le presté mucha atención. Eran tres sujetos que estaban alrededor de su cama, vestidos de negro e inclinados como si le observaran con cuidado. En ese instante, una enfermera apareció para hacer la ronda de rutina, así como para dar a papá una medicina que en ese momento le tocaba.

Le quería preguntar por qué el paciente de al lado podía tener más de un cuidador, pero al verlo observé que estaba solo. Yo era el único ajeno al hospital en la habitación que acompañaba a alguno de los enfermos en esa noche. Juro que los vi, estoy completamente seguro de que estaban ahí, pero tal vez fue la imaginación. En ese momento apenas estaba despertando y no estaba seguro de si realmente ocurrió de esa manera.

El resto de la noche no pude conciliar el sueño. Papá durmió muy bien y no se presentó ninguna situación; no con nosotros por lo menos.

En el siguiente recorrido de la enfermera, al querer tomar los signos vitales del vecino de la habitación, comprobó que falleció en la madrugada. En silencio, tranquilo, sin hacer ruido ni notarlo ninguno de nosotros.

Ella lo cubrió con la sábana con la que se tapaba para después realizar el procedimiento correspondiente en este tipo de acontecimientos.

Me puse de pie a su lado y pronuncié unas breves palabras: "Descansa en paz, luz en tu camino".

Al terminar de decir esto último, uno de sus brazos resbaló, jalando la sábana y descubriéndole el rostro. Eso me impactó y di un pequeño salto hacia atrás por la impresión, notando también que tenía unas extrañas marcas en la muñeca de la mano izquierda y en la frente, mismas que ante mis incrédulos ojos se desvanecieron en ese momento.

Esto no era producto de la imaginación, ahora no estaba somnoliento ni, mucho menos, adormilado. Pero antes de poder decir algo llegaron unos camilleros y se lo llevaron.

Promesa vengativa

Y me soltaste cuando me habías dicho una y mil veces que jamás lo harías, a mí, que te entregué mi corazón y te di todo, ¡todo en verdad!

Todo empezó como un paseo, una salida casual en el bosque; caminar, explorar, contactar con la naturaleza y llenarnos de aire puro los pulmones. ¿Qué ocurrió exactamente? ¿Fue efectivamente un accidente o así lo tenías planeado? Me vendaste los ojos, diciéndome que me tenías una sorpresa, y yo con trabajos podía contener la emoción. ¿Era la propuesta de matrimonio que llegaba por fin a dar el siguiente paso de nuestro amor? Seguí tus indicaciones, no me quité la venda y avancé tal como lo indicabas, hasta que llegué a ese desfiladero y resbalé. Fueron muchos golpes en esa caída. Traté de detenerme, afianzarme de algo, pero nunca pude lograrlo, finalmente se atoró mi cinturón en una rama y quedé colgando. Sentía el viento en el rostro y la nada a mis pies. Te grité pidiendo ayuda; tenía un brazo dislocado y el otro seriamente lastimado, aún de haber querido —¡y por Dios que sí quería!— no podía utilizarlos. Escuché cómo te acercabas, me llamabas y acudiste presuroso hasta donde me encontraba. Escuché tu voz, las pisadas y el intento que realizabas por ayudarme, o eso quería creer... pero, ¿qué significa soltar cuando estás vulnerable ante los demás? Significó que me dejaste en la oscuridad, que me abandonaste a mi suerte, tan sólo fue un miserable intento por justificar que algo querías hacer.

Tonta de mí, nunca lo vi venir. En retrospectiva, todas las señales eran claras. Yo no sabía de traiciones... no de alguien a quien le entregas todo tu corazón y confianza total.

Quisiera creer que no fue de esa manera, pero la venda resbaló. Los últimos instantes de mí vida fueron para observar esa sonrisa cínica y maligna de satisfacción. Soltaste mí mano y con el mismo movimiento me empujaste al abismo.

Mientras caía, sangraba el corazón, el alma, mi esencia toda por esta simulación... Yo sí te amé con todo mi ser. Si ya nada querías conmigo, ¿por qué no simplemente me terminaste?

Eso fue lo último en la mente, despúes la nada, obscuridad total. Sombras, lamentos, llanto y una sensación de miedo que permea todo el ambiente; me sentiría triste, temerosa, angustiada... De no ser por estos intensos deseos de venganza dejaría todo por la paz... pero no, voy a regresar. No sé cómo ni de qué manera, pero te juro que lo haré. ¡Maldito seas tú y todo tu linaje! Me encargaré de que nunca seas feliz; pagarás con la sangre de tus hijos lo que me acabas de hacer.

Adiós para mí

Yo nunca había visto un cadáver, mucho menos así de cerca, así que es comprensible entender la enorme curiosidad que me dio al tener éste frente a mí.

Me acerqué despacio para observar mejor. Estaba bien muerto, de eso no quedaba duda alguna. Los ojos abiertos, su cuerpo tirado en la calle con los brazos a los costados y uno de ellos doblado, haciendo un ángulo extraño. Las piernas torcidas, una contraria a su posición original, una imagen grotesca derivada de una fea caída de una altura mayúscula. No, no era morbo, en verdad era curiosidad.

Noté que su piel empezó a cambiar de tonalidad rápidamente, grisácea, tal vez azul, que hacía juego con los labios, que se ponían en color morado. Lo que me impactó fueron los ojos: abiertos, inertes, mirando a la nada, estáticos completamente, sin importar que una mosca se posara en ellos por un momento. La boca abierta y la cabeza en medio de un charco de sangre que se extendía pausadamente. Huesos rotos, un zapato perdido y el otro pie como si no extrañara a su compañero. ¡Dios! Podría admirar esta escena por horas, era una belleza poco ortodoxa, única en su clase, el ver un muerto de esta manera, así sin más, en medio de la calle. Quisiera quedarme, realmente sí, y sentarme al lado del pobre infeliz y acariciar su cabello. No me importaría que mis dedos se mancharan con la sangre, es... ¡todo un espectáculo sin igual!

Bien, dicen que lo bueno no dura para siempre y, muy a mi pesar, me tenía que retirar. Lo observé una última vez y le envié un beso soplado a manera de despedida; después de todo, ese fue mi cuerpo mientras tenía vida.

Mina y Murray

Mina y Murray, los dos gatos de la casa que llegaron de la nada un buen día. Creo que les empezamos a dar de comer por verlos flacos y maltratados. Poco a poco se fueron habituando a nosotros y viceversa, ya sabíamos la hora y la manera en que llegaban por sus alimentos. Al principio no se dejaban agarrar o acariciar, sólo comían y después se alejaban sin más. Poco a poco ambas partes fuimos conociéndonos mejor y ellos se convirtieron en parte de la familia. Supongo que eran hermanos, pues siempre estaban juntos.

Teníamos, en la parte de atrás, una canasta pequeña, de esas que te dan con un arreglo de flores como centro de mesa en alguna fiesta; pues en esa canasta se acomodaban los dos gatos, uno y otro pegado entre sí. Así se la pasaban por mucho tiempo. Tenían espacio en la casa: patio, pasillos y otros lugares, pero les gustaba estar a los dos ahí como muérganos. Murray era un gato negro con las patas blancas, como si trajera botitas; Mina, una gata blanca con patas negras. Curioso que tuvieran esa combinación de colores.

Dicen que los gatos son protectores energéticos, cosa que no entendí nunca, hasta esa ocasión. Tenía un par de noches que me costaba dormir y, cuando lo hacía, tenía muchas pesadillas. Despertaba cansado, como si me hubiesen golpeado en la espalda. Los gatos esa noche erizaron sus pelos al verme y me empezaron a maullar muy feo. Traté de ignorarlos, pero me seguían a donde me dirigía, tratando de arañarme, maullando de esa manera horrible que hacen en las madrugadas, y después de eso se aventaron para atacar. Murray fue el primero: se me colgó por detrás, enterrándome las uñas en la espalda y cuello; Mina en los pies, intentando clavar sus colmillos en la piel.

No entendía qué les pasó a esos dos animales. Por más que intentaba no me los quitaba de encima. Resbalé entonces y me di un fuerte golpe en la cabeza, tan duro que se me nubló la vista y volví el estómago, sin poderlo evitar. Intenté ponerme de pie, pero todo giraba a gran velocidad. Después, creo, me desmayé.

Recobré el sentido al siguiente día. Pasé la noche en el patio de la casa. Ni siquiera la lluvia logró despertarme. Estaba empapado y tenía un golpe fuerte en la frente, a punto de descalabrarme, recordé entonces lo inaudito del comportamiento de los gatos. Al girarme, lo que vi me llenó de dolor. Murray estaba muerto a mi lado. Me impactó mucho verlo de esa manera y el enojo que tenía se transformó en tristeza. Lo levanté con cuidado, sólo para corroborar que no había nada que hacer. Al sentir su cuerpo frío e inerte me dieron muchas ganas de abrazarlo y lloré, demasiado, como si de un ser muy querido se tratara. Lo extraño es que no tenía ningún rasguño, mordedura o aparente daño. ¿Qué fue lo que le pasó? No sé, y creo que nunca me enteraré. Mis lágrimas mojaban su cara, entonces me acordé de Mina, la llamé y busqué por toda la casa. El dolor o molestias que sentía no me importunaron en ese momento, ni recordé que me sentía mal. Después de muchos minutos de búsqueda me convencí de que la gata no estaba; lo que fuera que los atacó la debió espantar demasiado.

Llevé a Murray a un veterinario, ya que quería saber la causa de su muerte. El especialista no supo con exactitud qué le pasó, el corazón tal vez, pero era muy joven para eso. Pedí que lo cremaran y al siguiente día me entregaron sus cenizas. Mina jamás volvió; después de unas semanas me convencí de que ya nunca más la vería por aquí. Curiosamente, los malestares y noches de pasarla mal se acabaron después de que Murray falleció.

Más que una amiga tú y yo por siempre juntas

La joven mujer lloraba y no podía evitar temblar por el impacto. Sus labios se movían sin poderlos controlar, como si quisieran expresar en un balbuceo aquella escena que contemplaba y no quería aceptar. Los oficiales pasaban a su lado, llenando cuestionarios y haciendo un sin fin de preguntas que no tenían sentido alguno para ella. Finalmente, algo la sacó de ese estado cuando le dieron la noticia:

—¿Señorita Fernanda? Tenemos a la persona responsable de este acto, está esposada y a resguardo. Dice que quiere hablar con usted antes de que nos la llevemos.

Sin atinar a responder o decir nada, los uniformados la colocaron frente a ella. Evitaba mirarla, con la cabeza agachada y una expresión de que estaba profundamente arrepentida.

—¿Alisson? ¡Por Dios, qué fue lo que hiciste!

—Fue por ti, Fer. Yo te amo y él jamás dejaría que estuviéramos juntas. Sabes que nunca lo permitiría, por su machismo, egoísmo, sus ideas tontas de...

Fernanda explotó en ese momento, de haber estado solas la hubiese atacado sin ningún remordimiento.

—¿Te volviste loca? ¿Crees que con esto algo cambia o que fue lo mejor? ¡Eres una demente, una maldita asesina! ¡Lo decapitaste y dejaste su cabeza sobre la mesa como una especie de broma enferma!

—¡Fer, amor, no te enojes, por favor! Creí… creí que era lo que tú querías. Decías que lo odiabas y que harías lo que fuera para que pudiéramos estar las dos juntas, yo solo, lo hice para darnos esa oportunidad… Tú nunca te liberarías de su control, de su manipulación, de sus ideas retrogradas ni...

—¡Ya cállate, Alisson! ¡Púdrete en la cárcel y quédate ahí por siempre! Una cosa es lo que te dije y otra muy diferente lo que hiciste.

Fernanda se giró, dándole la espalda a la otra mujer. Los oficiales la llevaron con ellos para trasladarla a la agencia del ministerio público, a fin de iniciar la carpeta de investigación por homicidio.

Personal del Semefo estaba por resguardar los restos de aquel hombre asesinado cuando Fernanda les solicitó un momento para despedirse y dar un último adiós.

Las palabras de negaban a salir, el sentimiento y dolor eran tan grandes que le impedía expresar sus emociones. Finalmente, lo logró.

—Lo lamento muchísimo, yo no quería que esto ocurriera. Me duele demasiado y te extrañaré por siempre. ¡Perdóname, por favor, papá! Yo no tuve nada que ver.

Visitando a mamá

Le llevo flores a su tumba, como cada año. No en su aniversario luctuoso porque no me es posible, pero sí en la noche de los fieles difuntos, que es más significativo.

Cada año es lo mismo: su lugar de descanso eterno se ve sucio, descuidado y totalmente abandonado. ¿Será acaso por ser una humilde difunta? El contraste con las otras construcciones es notorio, tanto en su edificación como en el cuidado de las demás.

Esta noche, donde las familias conviven con sus muertos, esta es la única morada que no recibe visita alguna; ni por atención o simple curiosidad. Por eso me hago presente cada año, la limpió, colocó algunos adornos y las flores que más quería ella en vida, si acaso las puedo encontrar.

Me quedo de pie para observar está tumba. Los demás visitantes poco a poco se retiran del lugar; para todos soy una persona invisible que nadie mira ni de casualidad.

A mis espaldas, el amanecer se empieza a hacer presente; los rayos del Sol, con una suave caricia, avanzan cerca de mí. La noche se desvanece y los rayos del astro rey empiezan a tomar una fuerza mayor.

Cierro los ojos entonces y respiro profundamente. Me siento lista para partir y regresar el siguiente año. Un suspiro exalta mi ser y vuelvo en un santiamén a mi tumba.

Mi mujer y yo

El hombre seguía sentado pacientemente en la silla para las visitas de la habitación del hospital. Observaba a su esposa y una sonrisa triste se dibujaba en sus labios. Ella seguía sedada por los fuerte medicamentos. Él besaba su frente y al oído le decía lo mucho que la amaba.

Los únicos sonidos que se percibían en el ambiente eran de los aparatos que mantenían con vida a la mujer, el sonido de fondo de las otras habitaciones, la central de enfermeras organizando las actividades del piso o las quejas de otros internos que sufrían de terribles dolores.

La pareja en la habitación era ajena a lo que ocurría fuera de ellos. El hombre la miraba y de vez en cuando se levantaba de su asiento, observaba por la ventana la movilidad de la ciudad y se preguntaba qué se sentiría volar de esa altura. Ellos estaban en el piso 14, aquel reservado para pacientes en terapia intensiva. Se colocó de pie junto a su mujer y le dio un nuevo beso en su rostro mientras acariciaba sus cabellos. En ese momento el aparato principal emitió un sonido constante y repetitivo, acompañado de una línea horizontal sobre la pantalla. A los pocos segundos, médicos y enfermeras entraron para dar atención al llamado de emergencia de la paciente, llevando un aparato para reanimar su corazón. La lucha por salvar esa vida fue tenaz y valiente, ninguno de los presentes estaba dispuesto a permitir que ella partiera... Cosa que no pudieron evitar, pues el cuerpo cansado de la mujer no reaccionó como los médicos esperaban. La muerte estaba presente y reclamaba esa vida.

El médico principal dio la orden de que cesarán el empeño, empezando el trámite fúnebre correspondiente al anotar la hora exacta del deceso. Ella, entonces, se levantó sin dolor. Su esencia natural, su espíritu... sus ojos tardaron un poco en acoplarse a esa luz brillante, pero cuando pudo observar mejor se alegró en demasía al ver que su esposo estaba ahí con ella. Extendió su mano para ir con él y, en lo que dura un suspiro, sus almas abandonaron este mundo cruel.

En el campo

Desde siempre me gustó la naturaleza: lo verde de los árboles, la majestuosidad del vuelo de las aves, escuchar el agua correr del río que atraviesa las montañas... en fin. Es muy diferente a la ciudad, con todo su ajetreo, prisas, el andar corriendo siempre, el tráfico, embotellamientos y manifestaciones; mejor ni hablar.

Aquí en el campo es todo diferente, se respira armonía y belleza en todo momento. Últimamente disfruto mucho los largos paseos por las veredas, abrazo a los árboles y me cargo de su energía positiva. Al amanecer observo la salida del Sol y me arrepiento de no darme antes el tiempo de disfrutar tan maravilloso espectáculo de la naturaleza: los colores y el ver cómo emerge el astro rey, a todo ser vivo del planeta.

Es bello, tranquilo y agradable aquí. Si acaso se pierde parte de su paz los fines de semana, cuando vienen familias con sus hijos pequeños a convivir con la madre naturaleza. Algunos optan por acampar y vivir la experiencia, otros llegan en la mañana y al atardecer regresan a sus hogares. Desde mi punto estratégico observo a todos ellos y me divierto con sus ocurrencias, principalmente de los jóvenes o adolescentes; ellos siempre tienen la chispa y energía para hacer y decir locuras.

No recuerdo hace cuánto no estaba tan en paz conmigo mismo. Este tiempo en el campo me ha serenado mucho. Es tan apacible aquí que no quisiera irme nunca jamás.

Así lo mejor. Es una maravillosa idea, el plan perfecto, o lo era antes del descubrimiento.

Con enojo y tristeza veo a la pequeña que me delata. Corre hasta donde se encuentran sus familiares y les avisa donde es que me encuentro exactamente. La tranquilidad del lugar se interrumpe y da paso al caos, el morbo y el horror.

Dos semanas me duró el gusto de disfrutar de este magnífico lugar. Hubiese querido permanecer más tiempo, pero eso ya no será.

Me acerco de mala gana y escucho los comentarios de los demás. Los adultos alejan a los pequeños y de inmediato el área es acordonada.

No es culpa de ninguno, supongo, tan sólo era cuestión de tiempo para que alguien por fin descubriera mi cadáver.

Visitando el hogar de antaño

Sin darme cuenta, los pasos me llevaron a la que fue mi casa durante muchos años, etapa feliz y despreocupada de la vida. Muy poco había cambiado, si acaso la pintura del exterior. Al instante llegaron a la mente recuerdos de esos ayeres: la escuela, los juegos con los vecinos en la tarde después de las actividades escolares, el ir a la tienda de la esquina y comprar lo necesario para merendar... Hace décadas de eso y ahora, después de todo ese tiempo, sin notarlo estaba de nueva cuenta aquí.

Sentí entonces un impulso de saber, ver, notar a los propietarios actuales. Me escabullí entonces por el patio, avanzando sigilosamente hasta la entrada principal. El ventanal grande con la herrería estaba tal y como lo recordaba. Fue increíble estar aquí de nuevo. Un suspiro cargado de nostalgia escapó de mi interior, como añorando aquellos lejanos días.

Y la vi. Y me vio. Una nena hermosa, de unos tres años máximo, estaba de pie observando hacia donde me encontraba. No sé qué pensaría, pues no sé espantó al percatarse del extraño en su propiedad. Levanté la mano y saludé tímidamente. Ella movió su manita haciendo lo propio. Entonces sonreí y ella respondió de la misma manera. Sus ojos grandes e inquietos mostraban curiosidad y complicidad. Jugamos una especie de mímica improvisada por algunos instantes, yo empezaba algún gesto o movimiento y la pequeña lo imitaba a la perfección.

Me sentí muy bien en esos instantes; ya no era mi casa, pero por unos momentos pareció que sí. Me senté en el pasto y nuevamente la pequeña me imitó, incluyendo el llevarse las manos a la barbilla, inclinando un poco la cabeza y regalándome una más de sus divinas sonrisas.

Pero bien, dicen que lo bueno no dura para siempre y los momentos de dicha son efímeros. Su mamá llegó, la cargó y la llevó al interior de su hogar. Antes de cerrar las cortinas se asomó al jardín para tratar de ubicar lo que causaba la atención y expresión de alegría de la niña.

Sentado en la misma posición me despedí de ella y fue muy gratificante que la nena respondiera ese adiós con su mano mientras su madre la alejaba.

Qué tiempos, qué instantes, qué regalo del Creador el coincidir con esta maravillosa criatura. Pero, como ya lo dije antes, lo bueno no es para siempre. Me puse de pie, observé por última vez la que antes fuera mi casa y lentamente me desvanecí para volver a la tumba que ahora es mi hogar.

Inesperado día

Este es un gran día para iniciar la semana. Ya el siguiente lunes es mi cumpleaños y no puedo evitar sentirme emocionado. Terminé la licenciatura en julio pasado y todo parece indicar que la titulación no tendrá inconveniente alguno.

Salgo de casa con la intención de dar lo mejor en el trabajo: marcar la diferencia, dar ese extra, ponerse la camiseta.

En el camino hay tráfico, para variar. Antes de llegar al puente están los automóviles detenidos, otro choque de seguro, esto es algo de todos los días. Apago el motor y bajo para estirar las piernas un poco. Por lo que se ve, esto tardará algo de tiempo. Mando un mensaje al jefe para avisar que llegaré tarde, mando también una fotografía para que no piense que es pretexto por querer hacer san lunes.

Observo la escena: una niña inconsciente está colgando de una viga. El vehículo donde viajaba supongo que es el que está al fondo del barranco. Los gritos de algunas personas por lo endeble de su situación, y el hecho de que la ayuda profesional no ha llegado, hacen que el ambiente se torne funesto.

Esa pequeña puede caer en cualquier momento, ya sea porque se rompa la viga, si despierta y hace un movimiento brusco o, simplemente, resbalar de donde está.

Recuerdo que en la preparatoria practicaba rapel, así que me armo de valor y de manera improvisada armo el equipo que utilizaré. Convenzo a otras personas que están aquí y con ropa de varios elaboramos una especie de soga; la idea es que ellos me apoyen y jalen en lo que rescato a la niña.

La superficie es resbalosa por la humedad de las lluvias recientes. Suspiro hondo antes de iniciar el descenso, pero, un segundo antes de hacerlo, escucho un grito sordo que me dice que me detenga. Fue tal la intensidad del mismo que me aturde de momento. Giro la cabeza para ver quién fue y no me percato de la fuente, de hecho, parece que nadie más escuchó lo mismo que yo. A lo lejos, una mujer que parece descalabrada me observa, atrás de la multitud. Su mirada es penetrarte y profunda, pero ella no fue, pues el grito fue de un hombre, como... Bueno, la voz era muy parecida a uno de los hermanos de mi padre, que ya no está con nosotros.

La gente me anima a seguir, la vista se posa de nuevo en la niña y recuerdo que el tiempo apremia. Volteo para ver si alguna ambulancia o policía acuden, pero no se distingue a nadie de las corporaciones. Sin más, entonces empiezo el descenso.

Me impulso y brinco para avanzar metros al descender. Estoy ya a pocos metros de la menor, sólo debo balancearme un poco para sujetarla y que la suban las otras personas. Me alejo un poco para ese último brinco y ahí es que sucede: la improvisada soga se rompe y caigo pesadamente al fondo de la barranca.

Las piedras rasgan la ropa y rompen los huesos. Fractura en las piernas y la sangre ya tiñe mi piel. Lo último que recuerdo fue el duro golpe de una afilada piedra en mi cabeza, después de eso, nada más.

Al despertar es de noche, hace frío y me cuesta incorporarme. Al verlos a ellos supe lo que ocurrió. La mujer ensangrentada está también aquí, su cuerpo por lo menos, y mi tío melancólico me dice estas seis palabras que resuenan en mi ser: "Te dije que no lo hicieras".

El espejo de la abuela

Mis abuelos fueron gente de campo, muy prósperos y de los ricos del pueblo. Mucho de lo que tenían parecía prosperar como por arte de magia; cualquier negocio que emprendían se volvía fructífero y abundante. Cosechas, ganado, que tenían de los mejores ejemplares, distribución de huevo a la ciudad... Todo, prácticamente todo lo que se generaba en la comunidad era gracias a los abuelos, por decirlo de algún modo.

Una de las posesiones más preciadas de la abuela era el espejo que tenía frente a la entrada principal. Era enorme, con marco de caoba, baño de oro en las orillas y con símbolos extraños en la parte superior del mismo. Ese espejo era la adoración de la abuela, no dejaba que ninguno de los nietos jugará cerca de ese lugar y lo limpiaba ella personalmente. De hecho, se molestaba demasiado si alguien que no fuera ella lo quería tocar.

"Es una protección, un amuleto de la familia", decía. Estaba colocado en ese lugar justamente para repeler las malas energías de quien entra a este hogar. Si la intención es buena, no ocurre nada, pero en caso contrario, se le regresa al visitante, desde envidia o mala voluntad hasta trabajos de magia negra. Los espejos son portales y, si se saben utilizar, amuletos de protección que pueden repeler lo malo que quiera hacer daño. Esto me lo dijo ya de grande, cuando estaba por terminar la universidad. Obviamente no la tomé en serio, pues entiendo que son creencias de pueblo y que únicamente se trata de supersticiones. Al terminar las vacaciones de verano regresé a la ciudad; fuera de eso me agradó visitar a los abuelos y recordar los días de la niñez cuando jugábamos todos los primos, nos bañábamos en el río y gozábamos de las bondades de ser los nietos de los ricos del pueblo. Lo que siguió después aún no entiendo cómo fue que ocurrió. Fue exactamente al mes de esa visita.

Ladrones se metieron a la casa de los abuelos, envenenaron a los perros y destruyeron toda la casa. Más que querer hurtar algo, la intención parecía dañar, lastimar y destruir el trabajo de toda la vida de los abuelos. A los dos los mataron de una manera cruel y grotesca, torturándolos y dejando marcas y símbolos extraños en su cuerpo. Lo más... perverso, enfermo, fue que a ella le arrancaron la lengua y a él los ojos. Nadie del pueblo vio nada ni se enteró, todo fue una sorpresa hasta que el incendio alertó a los demás del peligro que ocurría. Sí, no contentos con eso, quemaron el granero, la casa e incluso prendieron fuego a los animales.

Fue algo despiadado al extremo. Cuando pudo entrar la familia, después de las investigaciones de las autoridades, nos causó dolor toda esa destrucción, empezando por el espejo, que estaba roto y, curiosamente, no quemado, sólo estrellado y con algunas manchas, como si fuera un artículo viejo con varias décadas de abandono.

La investigación de las autoridades no encontró a los culpables, mucho menos algún indicio del posible responsable. Luego de eso, el pueblo en general se sumió en una vorágine de desgracias, tragedias e incertidumbre económica. Cosechas que se perdían, animales de los demás que enfermaban, morían o simplemente ya no producían. Los tratos con los pueblos vecinos o la ciudad ya no se realizaban, pues de última hora se cancelaban o se perdía la venta, ya fuera por plaga, accidente o que el comprador se arrepentía de último momento.

¿La familia era protección de ese lugar? ¿Los abuelos y el espejo eran más que prósperos vecinos del pueblo? No lo sé a ciencia cierta, sólo que duele mucho su pérdida, el ver destruido el esfuerzo de toda su vida y saber que ya nunca será igual otra vez.

Mi experiencia en carretera

La mujer, hecha una furia, gritaba, reclamaba y se expresaba violentamente contra el hombre. Las lágrimas dañaban su rímel y los ojos rojos inyectados de furia miraban con profundo odio, de esas miradas que, si pudieran, matarían en un santiamén.

—¡Mírame, poco hombre, mira lo que provocas con tus estupideces!

Ella intentó agredirlo, arañarlo, y de ser posible le hubiese arrebatado el volante de las manos para sacar el vehículo del camino.

—¡Maldita sea, cobarde infeliz, deja de ignorarme! ¡Pareces idiota, sé que me escuchas! ¡Estoy a tu lado!

La mujer dio un golpe contra el espejo de su lado, estrellándolo en el acto. Pequeños fragmentos de vidrio se incrustaron en sus nudillos, ocasionando el sangrado al instante, manchando del rojo carmesí parte del espejo, el asiento y el tapete del lado del copiloto. El individuo maneja sin perder de vista el camino; sujetaba el volante con ambas manos, evitando el contacto visual y rogando al cielo atravesar esa carretera solitaria y llena de curvas lo antes posible. Un par de minutos más y fue así. Observó las luces de las casas que cubrían parte del cerro, los avisos de negocios aledaños al camino y supo que estaba a salvo.

Así fue, tal como le habían dicho: sólo tenía que aguantar a salir de ahí, ignorar a esa entidad y solita desaparecería, como si no se hubiese presentado en su auto jamás.

¿Reencontrarme con la abuela?

Desde que recuerdo, mi abuela siempre fue parte de mi vida. No sé bien si mi mamá y yo venimos a su casa o ella a la nuestra, lo único de lo que estoy segura es que disfrutaba muchísimo estar con ella. Todo lo hacíamos juntas: peinados en el cabello con largas trenzas, preparar la comida, amasando la masa para las tortillas, alimentar a las gallinas y ordeñar las vacas desde temprano; en fin, todo, desde que recuerdo.

Mamá estaba siempre al pendiente, pero con la abuela tenía una relación muy profunda, nos buscábamos mucho y estábamos juntas siempre. Al salir de la escuela, lo primero que hacía al llegar a la casa era saludarla y besarla, después las tareas del colegio y ella me ayudaba, sentada todo el tiempo junto a mí hasta terminar las lecciones del día. Por las noches dormía a su lado en la misma cama, no importaba que no hubiese mucho espacio; nos acomodamos bien y me sentía muy segura a su lado.

Por eso, por todo esto, esa mañana de domingo que la vi derrumbarse, algo dentro de mí se perdió en el dolor. La abuela estaba sirviendo chocolate para el desayuno cuando su cara cambió. Mostró una expresión de dolor y se desplomó rápidamente. Yo, desde la entrada de la casa, observé todo. Dejé la escoba y me apresuré para estar a su lado, al tiempo que le hablaba con gritos a mamá. La abuela era una mujer fuerte que trabajó toda su vida en el campo; esto no tenía ningún sentido.

El médico de la clínica del pueblo llegó en menos de 30 minutos, sólo para decirnos que su corazón falló. Un ataque fulminante que acabó con su vida antes de que se pudiera hacer algo. Escuché pasmada esas palabras y algo dentro de mí murió también en ese instante. En mi mente veía la escena repetidas veces: su cara de dolor, el intentar agarrarse de la mesa y el ver cómo sufrió esa fea caída para no levantarse nunca más.

Por ser muy chica no me dejaron acudir a su funeral. Escuchaba la música de viento, los cohetes y veía a las señoras preparar el mole en grandes ollas. Servían con arroz y frijoles los alimentos a quienes acudían a la casa, pero yo no fui parte de todo eso. Me dejaron encerrada en la habitación de la abuela, como si me castigaran, como si fuera mi culpa lo que pasó.

Lloré mucho todo ese tiempo, el llanto no paraba y mi corazón sangraba. No sabía cómo seguir en la vida sin la abuela. Teníamos muchos planes juntas; ella me prometió entregarme el día que me casara con alguno de los muchachos del pueblo cuando fuera grande y ahora... ya no estaba. Gritaba para que me dejaran salir, pero todos me ignoraban; golpeaba la puerta y hasta intenté derribarla con una silla. Todo fue inútil. Si me escuchaban, nadie hizo nada por ayudarme.

Tomé entonces un mecate y lo colgué de una de las tablas del techo. Ya sabía lo que tenía que hacer. Me colgaría del cuello y así podría ver a la abuela de nuevo. Lo único que tenía que hacer era un nudo, como el que hacíamos para amarrar a los animales. La soga estaba lo bastante larga para dar vuelta al madero del techo y que llegara hasta donde me encontraba. Me asomé para ver si alguien venía, y no. Todos estaban sin prestar atención a la habitación donde estaba. Me subí entonces en la silla que utilicé poco antes para golpear la puerta y me acomodé la soga en el cuello. En el último instante me dio miedo. Algo dentro de mí me decía que no estaba bien. Observé el techo y me aterró la idea de quedar colgada y que mamá me encontrara así.

No, eso no, me tenía que quitar la cuerda de cuello y olvidar todo esto. Pero antes de hacerlo, una de las patas de la silla se rompió, ésta se ladeó y se fue de lado. Sin poderme agarrar de nada, mi cuerpo flotó, colgando del cuello en un instante, tal como había planeado que ocurriera. Traté inútilmente de zafarme, pero el cuello era prisionero y me costaba respirar. El aire ya no llegaba a los pulmones, los ojos sentía que se me salían del rostro, poco a poco perdía las fuerzas y al final... al final logré "lo que quería".

Lo siguiente es que estaba todo sin luz. La habitación seguía cerrada, pero ya no había nadie en la casa. En una de las esquinas, algo se movía y gruñía. Le hablé a la abuela, le grité para que me ayudara; a mí mamá también. Eso que estaba ahí se puso a reír muy feo. Caminé de espaldas y unas manos con garras y mucho pelo me jalaron con fuerza mientras me arrastraban a las sombras.

—Los que se quitan la vida no ven a sus seres queridos, los llevamos al infierno con nosotros para darles su castigo eterno.

Amantes

Te amé desde que te vi la primera vez. Llegaste a la empresa y por alguna extraña razón me impactó tu sola presencia. Curiosamente te asignaron para que te capacitara. Sentía que los nervios me traicionaban al tenerte tan cerca de mí. Algunos compañeros lo notaron y empezaron a hacer insinuaciones. Naturalmente, ambos lo negábamos; tú por ser totalmente ajeno a mis sentimientos y yo por no querer ser la "destruyehogares" o "robamaridos" de la oficina.

Pasó medio y año y llegamos a tener una gran química, amistad, desayunos juntos y proyectos en común. Fuimos un gran equipo que consiguió jugosos contratos y ganancias para la empresa. No importaba trabajar horas extras, a ti te apasionaba y yo era feliz de poder pasar el mayor tiempo posible a tu lado. Las miradas juguetonas y coqueteos empezaron a hacerse presentes, un juego entre ambos que era el preludio de lo que seguiría. Roces de la mano, pláticas pícaras, atrevidas y subidas de tono, juegos de palabras... Finalmente, se dio eso que tanto deseaba.

Una serie de conferencias en la capital, una semana de trabajo en la que nos asignaron un nuevo proyecto a los dos. Después de la primera noche, al estar celebrando el cierre del trato principal, empezamos a tomar. Ese fue el pretexto que ambos buscábamos, por lo menos yo es decir, escudar mis acciones gracias al alcohol y dejarme llevar. Esa noche en la habitación del hotel nos entregamos completamente: sucumbimos al deseo, la pasión y el éxtasis total. Yo era tuya y por fin te entregaste a mí.

Esos días fueron como una gran luna de miel; de día, el equipo dinámico que arrasaba en cualquier negociación; de noche nos amábamos hasta el siguiente amanecer. ¡Yo estaba feliz, radiante, me sentía amada y realizada! Me encantaba mirarte dormir, acariciaba tu cabello y te besaba todo el cuerpo. Nos bañábamos juntos y ahí dábamos rienda suelta a la pasión una y otra y otra vez.

Terminamos esa semana y regresamos a nuestra ciudad. Yo estaba emocionada, esperando el momento que me dijeras que me preferías a mí y que dejarías a tu mujer. Los días transcurrieron y tú actuabas como si lo que pasamos nunca se dio. Tu actitud indiferente me lastimaba mucho.

Fuimos como dos extraños después de eso; trabajábamos de la misma manera, pero la tensión y el distanciamiento eran evidentes. No pude más y te confronté. La respuesta devastó mi corazón. Fuiste un egoísta insensible. Nada significó para ti lo que pasamos juntos, sólo fui una aventura. Yo me quedé estática, sorprendida. Lo que terminó de acabar con lo que sentía por ti fue el que me dijeras que fuera tu amante, que podíamos vernos de vez en cuando para pasar un buen rato. ¡Sólo para eso me querías! No me amabas, no te importaba en lo más mínimo. Sólo era alguien para acostarse y nada más.

No sabía cómo reaccionar. Tú me miraste con deseo y nada más. Al no decirte nada te empezaste a despedir, te perdía. ¡Sí! Dije que sí para que no salieras de mi vida. Sonreíste con malicia, con esa expresión de triunfo que no puedo evitar disfrutar. ¡Te vez divinamente maravilloso cuando sonríes! Nos besamos de nueva cuenta; yo lo hacía con amor, deseo y desesperación. Quería decirte que no me dejaras, que haría lo que tú quisieras. Sería tu amante y daría todo por ti, pero no soportaría que me sacaras de tu vida. Tocaste todo mi cuerpo, el contacto de tus manos me estremecía como esa primera vez en el hotel. Al oído me dijiste que sólo sirvo para una cosa. Me lastimas demasiado. ¿Sólo así me ves, sólo eso represento? Mi mente reacciona y quiere golpearte por ser tan imbécil, pero mi corazón acepta todo eso con tal de no perderte.

Fuimos amantes por dos años, siempre con la ilusión y esperanza de que cambiarías, que me amarías y dejarías a tu familia por mí. Me entregué totalmente para ti, incluso te dejé crecer en la empresa, pues dejé el espacio libre para tu ascenso, saboteando a quien pudiera impedir tu crecimiento. ¡Todo, todo lo di por ti!

Hoy, está noche, donde es nuestra despedida, te digo que complaceré cada una de tus fantasías. Finalmente lo lograste: gerente de división en otra ciudad. Todo está listo para tu nueva faceta. La fiesta de despedida en la oficina fue como te gustan: fuiste el centro de atención y todo el mundo hizo caravanas.

Y aquí estamos de nueva cuenta, entregándonos al deseo, la lujuria y pasión sin control. Hoy que será la última vez te quiero complacer todo, totalmente. Me duele como no tienes una idea. Lloré al besarnos y cuando me entregaba a ti, por esta despedida, porque sé que ya nunca más te veré. Este es el final, por mucho que me duela y no lo quiera aceptar. Nunca me amaste, sólo el deseo te impulsaba para estar a mi lado. Me arrancas el corazón y haces que sangre; duele en el alma y no es justo, pero así tiene que ser.

Lo menos que merezco es un poco de tu cariño, algo de tu amor, pero como eso no es posible, me tendré que conformar con tu bello corazón. Tu corazón que late, que bombea sangre y que es fuente de vida.

Siempre te resultó alucinante que te amarrara para quedar completamente a mi merced mientras, con la boca y lengua, recorría cada parte de tu cuerpo.

Limpio el bisturí con cuidado y me alegra que fuera tan efectivo. El corte en tu pecho fue rápido y exacto. Adiós, mi amor, me quedo con tu corazón.

Fausto

Trabajo en esta funeraria desde que tengo memoria. De chamaco ayudaba al encargado, barriendo y acomodando las flores. Con el paso del tiempo fui tomando mayores responsabilidades y me quedaba al frente de todo: desde la compra de los ataúdes, los trámites legales y ofrecer los paquetes funerarios a futuro, hasta preparar los cadáveres.

Nunca me casé. Siempre mi vida fue de la misma manera: de la casa a la funeraria y después regresar a descansar. Si era necesario, acudía a cualquier hora y en cualquier momento al trabajo, ya sabes, por accidentes o muertes inesperadas en la madrugada. Al final me quedé el negocio, pues ninguno de los hijos del patrón quiso seguir en esta misma línea de trabajo. Al morir, él solo fue a realizar los trámites correspondientes para que fuera yo el dueño y propietario.

Así mi vida, así las cosas, así lo que hago. Me gusta la soledad y el trabajo que realizo. A veces llegaron a presentarse cosas extrañas, inexplicables dirían algunos, pero nada que no pudiera resolver. Si me preguntan, diré que los fantasmas no existen; son cuentos e inventos para noches de terror. Más de 50 años trabajando aquí mismo y nunca vi a un aparecido. Le gente viene, vela a su muerto, obviamente lloran, y se van. Hablamos lo necesario del proceso y después los vuelvo a ver hasta la siguiente ocasión. Muchas personas de este lugar ya no están en este mundo; familias enteras en estos años partieron al más allá.

La vida es efímera, un instante que se puede acabar en cualquier momento. Ya sean ancianos como yo, jóvenes u hombres con gran fortuna y aparentemente una vida por delante, todos vamos al mismo final. Es más triste cuando son niños, pues ellos no deberían terminar tan pronto su camino. Los ataúdes pequeños causan mayores estragos en las personas; bien dicen que los padres no deben enterrar a sus hijos, sino al revés, pero no siempre ocurre de esa manera.

Niños... Hablando de ellos, tiene poco que se mudó una familia nueva a este lugar, un típico núcleo familiar con papá, mamá e hijo. Fausto era un pequeño inquieto, curioso y con demasiada imaginación. Lo miré por primera vez en un servicio fúnebre; estaba sentado al final de las bancas, solo, sin hablar con nadie.

De repente caminaba junto al ataúd y parecía murmurar algo en voz baja. Luego de eso lo perdí de vista. Al parecer, Fausto tenía una extraña fascinación por los muertos; siempre que alguien partía, él estaba presente. ¿Sus padres? Desobligados e indiferentes, supongo. El niño podía estar horas aquí y nadie lo buscaba. Fue entonces que se dio el diálogo. Lo abordé para saber qué quería en este lugar y por qué pasaba tanto tiempo aquí aunque no hubiese servicios. A veces, en sus juegos, lo observaba con diálogos imaginarios al aire, como si conversara con otro. Fausto se mostró reacio a decirme sus motivos, sólo dijo que le agradaba estar aquí y que no se llevaba con los niños de su edad. No lo entendían, decía.

Empezamos a charlar y se convirtió en mí compañía. Le empecé a asignar tareas para que se ganara unos pesos. ¡Igual que yo hace tanto tiempo! Barrer el negocio, acomodar las flores y algunos mandados.

Pasó más de un año desde que Fausto estaba aquí todos los días, igual que yo. Incluso si era Navidad, vacaciones o día de las madres, él siempre acudía. Nunca conocí a su familia.

En una de esas pláticas, después de todo este tiempo, le pregunté nuevamente qué hacía aquí y por qué venía. Lo que me dijo me provocó una sonrisa; en verdad traté de no burlarme, pero fue imposible no hacerlo. Muertos, él veía muertos y se comunicaba con ellos. Les hacía favores y ayudaba con lo pendiente que tenían si murieron de manera repentina. ¡Vaya chico tan original! Lo que siempre mencionan en esos programas fantasiosos y amarillistas, pero bueno, le tenía aprecio a Fausto y le pedí que me hablara más de eso.

—A veces no saben que ya murieron o no lo creen, y si se les dice, pueden partir. Si no, se quedan como atrapados mucho tiempo.

¡A qué con la imaginación de Fausto! Acaricié su cabello y le dije que tuviera cuidado, no fuera que le jalaran los pies en la noche. Empecé a apagar las luces y le dije que ya era hora de cerrar. Después de eso creo que se ofendió, ya que dejó de acudir a la funeraria por un par de días. Ya me había acostumbrado a ese niño y eché de menos su compañía; cosas de niños. Al cuarto día llegó y se sentó en la misma butaca que cuando lo vi la primera vez. Esos días, el negocio había estado muerto, si acaso vale la pena el juego de palabras. Me acerqué a saludarlo, pues extrañaba mucho sus pláticas y relatos de la gente que murió y él decía ayudar. Le empecé a platicar de que a veces ocurren temporadas así, pero que no tardaría mucho en llegar algún difunto. Fausto me escuchaba y sonreía, me dijo que lo acompañara a donde estaban los ataúdes y que quería contarme un secreto.

—Sí, claro, vamos. Sólo no me digas que moriste hace unos años y que te enterraron en este lugar el siglo pasado —Fausto, como siempre, no entendió el chiste; me levanté y fuimos a donde decía.

Al entrar ahí noté que algo no estaba bien: uno de los ataúdes estaba fuera de su lugar. ¿Se caería por el último temblor? Trataría de levantarlo, mas ya no tenía las mismas fuerzas de antes, pero no podía dejarlo ahí. Si pudiera le diría al chico que me ayudara, pero es muy pequeño aún. Busqué un diablito para levantar el féretro y al verlo abierto me quedé de una pieza. ¡No era posible!

—Lo siento mucho, don Sebastián. Usted se murió hace unos días; apenas encontraron su cuerpo por el olor. Descanse en paz.

En la carretera

Viajaba de noche para regresar a casa, poco después de la una de la madrugada. El tráfico y las manifestaciones en la capital me tuvieron en bloqueo, sin poderme mover por varias horas. Es increíble que los capitalinos están acostumbrados a esto, a estar mucho tiempo sin poder avanzar. Siento que el sueño me vence. Hago una parada en el local que se ubica pasando la caseta y compro un café para despejarme. Hace frío y la neblina ofrece poca visibilidad. Ahora empieza a llover. Termino mi bebida lo antes posible y emprendo de nueva cuenta el camino; estoy aún a dos horas, aproximadamente, de llegar. Aún falta la capital del estado, Cuautla, y, finalmente, Jonacatepec.

El avance es fluido, con excepción de alguno que otro tráiler o camión de carga. Nadie más en la carretera a esta hora. Paso por la rampa de frenado para emergencias, preguntándome qué sentirán aquellos infelices que la utilizaron en alguna ocasión. Los limpiaparabrisas trabajan a su máxima velocidad y aun así la visibilidad es mínima. El viento aúlla lastimosamente y me esfuerzo por ver los siguientes metros del camino. Froto los ojos por un instante y veo a una mujer que está frente al vehículo. La adrenalina me obliga a girar el volante de manera violenta; el automóvil derrapa, girando sin que lo pueda controlar. Me aferro al volante para recuperar el control, pero los frenos se niegan a obedecer del todo. Todo esto duró unos cuantos segundos, pero fue eterno para mí.

Quedo en medio de los carriles, en dirección contraria a la circulación. Observo por el espejo retrovisor y veo a la mujer correr y perderse entre los árboles; lleva una blusa blanca y antes de salir del asfalto, desaparece. Estoy con la boca abierta; siento un frío en todo el cuerpo. Quiero bajar del automóvil para corroborar esto. Debe ser por la niebla, la lluvia o los nervios que lo imaginé. Las luces de un tráiler que se aproxima me vuelven a la realidad del momento.

Trato de encender el vehículo y éste no responde. Pareciera que me quedé sin batería. Intento dar marcha al motor y no da señales de tener energía. Intento abrir la puerta y está atorada. El pesado vehículo sigue avanzando, sonando su claxon, sin aminorar la velocidad. Mi automóvil está atravesado en medio del camino. El tráiler no podrá frenar a tiempo por las condiciones del camino, el clima y la velocidad; también se accidentará si lo intenta. Recuerdo que el seguro de la cajuela se dañó por un robo de equipo de cómputo la semana pasada. Me dirijo a la parte posterior del auto y salgo por la cajuela. Mientras me alejo para ponerme a salvo escucho el impacto del tráiler con el vehículo compacto; éste es arrojado violentamente, metros más adelante, y queda destruido al instante. El tráiler sigue su camino sin detenerse. En el suelo, a gatas, en la zona de acotamiento, observo todo esto que ocurrió. Estoy empapado hasta los huesos, el frío me hace temblar, pero no sólo eso, sino que veo de nueva cuenta a la mujer, sólo que esta vez le falta parte del cráneo y tiene sangre en el rostro y la ropa. Así como ella, otros personajes aparecen en medio de este lugar.

Me pongo de pie y empiezo a caminar mientras pido protección al cielo y a mi madre, que falleció hace muchos años. Avanzo lento, sintiéndome observado, esperando un ataque de estos seres o que algún mal viviente aparezca de improviso para dañarme. Caminar, sólo eso; ignorar lo que pasa atrás y continuar sin detenerme. Me siento observado en todo momento. A pesar de no escuchar las pisadas, sé que están atrás de mí.

Tiemblo por completo y no es sólo por la lluvia. ¡Dios, ya caminé por bastante tiempo! Horas, podría decirse. No distingo el final de la carretera y estoy aterrado de que en cualquier momento me hagan daño estos seres.

Cuando más asustado estaba, las vi: las luces de otro vehículo atrás de mí. Me pongo a un costado de la carretera y extiendo los brazos, grito y trato de llamar la atención del conductor. ¡Tiene que sacarme y salvarme de aquí! La lluvia arremete con fuerza, el viento sopla de manera endemoniada y la niebla no impedirá que me vea. Tengo que acercarme más. ¡Estoy desesperado, tiene que ayudarme esta persona!

Sé que es arriesgado, pero me coloco en medio de la carretera. Sólo será un momento y, al verme, me moveré rápido para evitar ser arrollado. Así ocurre, así sucede, pero el sujeto grita al verme, gira de manera brusca y, al igual que yo, pierde el control de su unidad por la lluvia y el pavimento resbaloso. ¡No puede ser! Chocó fuertemente contra la división de carriles de concreto. ¡Dios mío, esto no puede estar pasando! Me acerco presuroso para tratar de ayudarlo y es ahí cuando lo noto, cuando lo veo y entiendo.

El tipo está de pie frente a mí: tiene el cuello roto y la cabeza le cuelga, como si fuera a desprenderse en cualquier momento de su cuerpo. La sangre la cubre la cara y resbala por su torso. ¿Cómo es posible que lo vea de esa manera? Las nauseas me invaden y trato de volver el estómago. Caigo de rodillas por el esfuerzo. Lo veo en el agua estancada: mi reflejo. Estoy muerto; de la misma manera que este sujeto.

Enfermera impertinente

Nunca me ha gustado del todo visitar los hospitales. El hecho de estar en uno, incluso en clínicas, me hace sentir de lo más incómodo y nervioso. Siempre que estoy en estos lugares me siento observado con curiosidad y morbo. El que alguien quiera establecer comunicación conmigo, así sea un simple saludo, me pone de malas: doctores, enfermeras, pacientes o familiares incluso. Me desagrada, es... incómodo, por decir lo menos.

Hoy, esta noche, por una situación de emergencia, estoy en la sala de espera del hospital general de la ciudad. Muy a mi pesar, e inconforme, acompañé a una amiga que se fracturó el pie izquierdo. Lo que parecía una salida común al cine y después a cenar algo, derivó en este incidente. Sus familiares no llegan, a pesar de que les avisé inmediatamente. Ya tengo bastante tiempo aquí. Quiero gritar, huir, salir lo antes posible.

La enfermera a mí lado me observa y me sigue a donde quiera que me dirijo. Ya le mencioné varias veces, muchas, que se aleje de mí. Por lo general, cuando le dices a alguien que se aleje, o que no puedes ayudar, te dejan en paz, pero cuando no es de esa manera, algo grave puede ocurrir. En la sala de espera estamos únicamente los dos, sin nadie más. No sé qué más hacer, qué decirle para que haga caso. No quiero hacer una escena o mostrarme irracional. Ya sé qué sigue y no es lo recomendable. ¡Maldita sea mi suerte! Años con lo mismo y aún me produce escalofríos.

Por eso no me agradan estos lugares. Son de lo peor, y más aún con la necedad de algunos, como esta enfermera que sigue aquí. Nadie lo entiende, pocos lo creen, y no es nada satisfactorio esto. Estoy muy vulnerable aquí. Ojalá no tuviera la facultad de ver a los muertos, ya que siempre quieren algo y, en algunas veces, no son solamente difuntos los que se aparecen, como ahora con esta supuesta enfermera.

Miranda y su otra realidad

Aprovechamos estos días de puente para visitar a la familia en el estado vecino. Ya tenía bastante que no nos dábamos el espacio para ello y esta fue la ocasión perfecta, por los festejos patrios. Agradecí la invitación de mi hermana para quedarnos un par de días en su hogar y junto con mi esposa y los chicos cambiamos de aires.

A todos nos dio gusto el encuentro, máxime a los niños, pues verían a sus primos de nueva cuenta. Marco y Guillermo eran de la misma edad que Gabriel, sólo la pequeña Miranda era la que podía estar un poco fuera de los temas y juegos de los muchachos, pero a su tierna edad de cinco años no le importaba y se sumaba a las travesuras de los demás chiquillos.

Los adultos conversamos y nos pusimos al día. Esa noche descansamos del largo viaje en el cuarto de huéspedes de mi hermana. El clima aquí es más cálido. Puebla es un estado más fresco o frío, así que dejamos la puerta abierta en la noche para dormir más a gusto, en lo que nos terminamos de aclimatar. El sueño nos venció a todos rápidamente. En la madrugada me levanté al baño y noté que la puerta estaba cerrada. Curioso, tal vez fue el viento. Al regresar la dejé abierta de nueva cuenta y me dispuse a dormir. Poco después de las nueve de la mañana, el cuerpo me decía que ya era tiempo de estar de pie. Mi familia aún dormía y pensé en hablarles, pero no, mejor que descansaran un poco más. Abrí la puerta y salí al patio de la casa.

Ese día, con la carne asada y los chicos jugando, fue muy agradable. Sin embargo, algo que me llamó la atención fue que la pequeña Miranda cerraba todas las puertas; lugar por donde pasaba, o si alguna estaba abierta, era ella quien cerraba la puerta. Le pregunté a sus padres si siempre hacia eso y me dijeron que no lo habían notado, pero que seguramente fue algo que aprendió en la escuela. Parecía no ser nada, pero sí me llamó la atención ese comportamiento. Esa noche dejé la puerta abierta, a propósito, de la habitación donde nos quedábamos. Ya todos los niños se habían acostado a dormir. En la madrugada, después de un par de partidas de dominó y juegos de cartas los adultos, también nos retiramos a descansar.

Sólo que no dormí al instante. Insomnio. Por más que lo intentaba, simplemente no lograba conciliar el sueño. Estaba acostado de lado, observando la puerta, cuando llegó la pequeña, que despacio cerró la puerta, lentamente, como en cámara lenta. Escuché el clic que señalaba que estaba cerrada completamente. Esperé un par de minutos y me levanté con el pretexto de ir al sanitario, soló que al regresar coloqué un juguete en la parte superior, arriba de la bisagra, a fin de evitar que se cerrara la puerta. Me acosté y esperé.

No pasaron muchos minutos cuando de nueva cuenta, Miranda apareció para intentar lo mismo. En esta ocasión le fue imposible. Trató e intentó, y nada. Empezó entonces a gritar, patear la puerta y llorar, seguido de un ataque en el suelo, como epiléptico. Para ese entonces ya todos nos habíamos despertado. Tratamos de ayudar a mi sobrina, quien parecía fuera de sí.

Finalmente, ya que su cuerpo dejó de convulsionar y su mamá la pudo tranquilizar, le preguntamos el porqué de su obsesión con tener las puertas cerradas. Lo que dijo no sé si tomarlo como exceso de imaginación o algo diferente:

—Cuando vivíamos en la otra casa, de aquel otro país, unos señores con cuchillos se metieron a la casa por estar la puerta abierta. Mataron a mí mamá, cortando su cuello, y a mí me enterraron una flecha abajo de la oreja, exactamente donde tengo el lunar en forma de mancha. Pasé mucho tiempo en el otro lugar, que no es este, buscando a mi mamá. Ya que la encontré aquí, y nací otra vez de ella, no la quiero volver a perder.

Escapando del dolor

Más de año y medio sin tener trabajo, buscando inútilmente y tratando de llevar lo indispensable a casa. Esta maldita pandemia ya me arrebató demasiado, no sólo el empleo, sino también a dos de mis hermanos, una prima y a mi madre. Cada uno de estos decesos fue duro, desgastante y devastador. En el intento desesperado por preservar la vida de los seres queridos, las deudas y saturación del crédito de las tarjetas sobrepasó toda capacidad de pago. Sin trabajo estable, recibiendo llamadas todo el día, todos los días, de los acreedores, la vida se ha vuelto un martirio constante. Desde que amanece hasta altas horas de la noche es lo mismo: suena y suena el teléfono para exigir pagos que no puedo cumplir.

Las pérdidas familiares me dejaron vacío, haciendo sumamente doloroso el ver las fechas en el calendario de los acontecimientos que antes representaban algo: cumpleaños, Navidad, aniversarios... Lo último es que tengo ansiedad, depresión y las manos me duelen y tiemblan, sin que lo pueda controlar. Síndrome del puente carpiano fue el diagnóstico. El estrés me produce ataques de ansiedad y los medicamentos que tomo ya no hacen el mismo efecto. Lo que sigue es infiltrar el medicamento desde la muñeca hasta la palma de la mano. Si eso tampoco ayuda, entonces es necesaria una cirugía que no puedo pagar.

Ando demasiado sensible, lloro a la menor provocación, no quiero ya hacer ni intentar nada, duermo todo el día y ya poco me interesa lo que ocurre a mi alrededor. En una palabra: nada me hace feliz.

Por eso haré esto hoy, a esta hora en la madrugada del domingo. Me pongo una sudadera, pantalón de mezclilla y unos tenis sin calcetines. Observé a los vecinos por varios días y ubiqué uno de los automóviles que se quedan en la banqueta. Ya practiqué y robaré el que sé que no tiene alarma. Tomo una piedra y con un trapo amortiguo el golpe. El cristal se rompe al tercer intento. Escucho a lo lejos la sirena de una ambulancia y me recuerda cuando una de esas fue por mi madre. Abro la puerta viendo de reojo que nadie se percate de lo que hago. Desprendo la cubierta de plástico bajo el volante y uno los cables, igual que en los programas de televisión o películas.

Enciendo el vehículo y me alejo sin el menor remordimiento. Por el espejo retrovisor hecho un vistazo. Nadie notó el robo. Avanzo a la salida más próxima para la autopista y manejo en dirección al sur. Aumento la velocidad y siento el aire que me golpea el lado izquierdo del rostro. Más rápido, con mayor imprudencia, disfruto este exceso y veo mi objetivo a pocos metros: una curva cerrada que debe ser tomada con todas las precauciones. Aprieto el acelerador a fondo y ocurre lo que tenía previsto. El vehículo pierde la estabilidad y gira en repetidas ocasiones. Dentro del auto siento cómo golpeo y reboto sin control. El hecho de no tener puesto el cinturón de seguridad hace que salga disparado por el parabrisas, rompiéndolo en una de esas violentas sacudidas.

No tengo tiempo de pensar mucho. El dolor empieza a hacerse notar cuando el vehículo cae pesadamente contra mí. De la cintura para abajo quedo aprisionado bajo el auto. Chorros de sangre salen por la boca, acompañados por espasmos del cuerpo. ¡Lo logré, realmente lo hice! Adiós a esta vida de miseria. Esbozo una sonrisa, cierro los ojos despacio y, finalmente, dejo de sentir dolor.